LA

COMÉDIE POLITIQUE

1287. — ABBEVILLE. — TYP. ET STÉR. GUSTAVE RETAUX.

LA

COMÉDIE

POLITIQUE

PAR

VINDEX

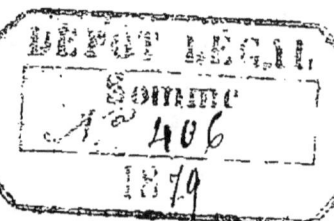

AVEC UNE PRÉFACE

DE PAUL FEVAL

PARIS·

LIBRAIRIE CENTRALE DE PHILIPPE REICHEL

5, RUE DE TOURNON, 5

—

1880

PRÉFACE

Ces pages signées d'un pseudonyme recouvrant un nom très-connu qui, demain sera très-célèbre, ont vu le jour dans *Paris-Journal,* vaillante feuille que j'ai contribué à fonder — un peu. Ce n'est pas pour cela surtout que je l'aime. Je l'aime à cause de son rédacteur en chef, H. de Pène, noble talent et noble cœur. Celui-là grandit et grandira parce que sa foi s'affirme tous les jours plus intrépide au milieu des défaillances qui nous submergent.

Derrière ce capitaine, de bons combattants sont rangés. Je ne sais pas si c'est moi qui le premier lui désignai Vindex en disant : « Voilà une épée ! » Je sais qu'il m'est arrivé bien des fois d'applaudir le jeune soldat et de dire et d'écrire à son chef : « Mettez Vindex en avant. »

Dans ce même journal, il y a longtemps, c'était sous l'Empire, je fis moi aussi une campagne contre ces ennemis de Dieu et des hommes que Vindex harcèle aujourd'hui. Ils conspiraient alors dans certains lieux souterrains et ridicules dont j'avais flairé les soupiraux. Cela sentait déjà le pétrole et je le disais, mais on n'a jamais vu de romancier prophète. Les gens comme il faut m'appelèrent *sutor* et me renvoyèrent *ad crepidam*. La *Lanterne* de Rochefort vivait avec les sous de ces gens comme il faut, dont l'intelligence fut toujours proverbiale. Les gaillards sur qui Vindex frappe aujourd'hui n'achetaient point la *Lanterne* de Rochefort, pas si bêtes ! Ils se constituaient en maison de commerce pour exploiter la révolution qui leur était mâchée et comptaient déjà les millions que produirait pour eux la ruine de la patrie. Dès ce temps-là, ils répondaient à ceux qui leur faisaient peur de Rochefort : « Il y a la frontière. » De plus malins ajoutaient : « Et il y a les Jésuites ! »

Vindex a dû le dire quelque part : « Rochefort les tiendra, ces vampires du radicalisme bourgeois, le jour où ils auront dépensé leur dernier jésuite. » Ils devraient garder quelques robes noires pour la soif.

Ce livre au-devant duquel je mets avec tant de plaisir quelques lignes de préface est donc une gerbe d'articles et de chroniques. Chacun de ces morceaux a déjà fait son chemin dans le monde et obtenu son succès qui, pour la plupart d'entre eux a été très-vif et s'est répercuté abondamment dans la presse départementale.

Leur ensemble ne peut manquer de conquérir la même faveur et je parierais pour une réussite encore plus marquée.

Il y aura deux volumes. Le second, plus heureux que celui-ci, sera présenté au public par cette admirable éloquence qui parle avec une plume d'or, Jules Barbey d'Aurevilly, romancier, peintre et critique, marchant du même pas ferme et fier dans la foi et dans l'art. Il aura à parler des articles de Vindex sur M. Zola que, moi, j'aurais jugés avec une certaine sévérité. Je lui recommande ce bout d'anecdote qui m'est personnel : Il y a quinze ou seize ans, MM. Hachette étaient mes éditeurs. Un des hauts employés de la maison fit venir une fois dans son cabinet, où j'étais, le jeune homme *chargé de la publicité* pour lui ordonner d'annoncer un de mes livres. La figure de ce jeune homme n'avait rien de remarquable, sinon une expression de rogue malveillance. J'en fis l'observation, et le haut employé me répondit : « C'est vrai, il est de mauvaise humeur, mais il se vengera.

— De quoi ?

— *D'être réduit à dire du bien des autres.*

Chacun prend sa verve où il la trouve et c'est là un point de départ singulièrement explicatif. Cette mauvaise humeur incarnée qui devait se venger était M. Zola. Depuis lors, il a réglé le compte de ses rancunes, payant chaque ligne de *réclame* par un coup d'assommoir. Et c'est là ce qu'il a fait de mieux.

D'Aurevilly dira de lui ce qu'il voudra et ce sera dit très-haut, très-droit, très-bien. A ce premier volume qui est mon lot je n'ai à donner que des louanges. J'ai sous les yeux la plupart des articles qui le composent. C'est varié, c'est actuel : du jour, de l'heure et même de la minute ; c'est parisien, sans être boulevardier ; il y a du fond

sous la forme souvent légère, quelquefois large
et par endroits, quand il faut tailler, subitement
incisive.

Vindex a du cœur : lisez la *Mort du Prince
impérial* et cette belle page sur les religieuses,
Nos femmes et les vôtres ; il a de l'esprit à re-
vendre, témoin *Monsieur Poirier*, le *Gâchis*, *Sic
itur ad astra*, hommage à M. Paul Bert; il a
de l'observation, exemple : la *Paix sociale*, étude
sur les perfectionnements apportés depuis peu
au crime et pour lesquels, sous le prochain
gouvernement, on prendra des brevets; il a
l'ironie courtoise et finement aiguisée, les *âmes
bien nées* ne le nieront point après avoir lu sa
lettre à M. Louis Blanc ; il a une dialectique
mordante et serrée, l'*Article 7* et M. J. Ferry le
savent ; je crois qu'il aurait, s'il le voulait jusqu'à
de la statistique!

Cherchez *Robes noires*, la *Byzance moderne* et

le morceau sur les amnistiés dont je ne me rappelle plus le titre. Assurément voilà un journaliste et même quelque chose de mieux, puisque la réunion de ces choses improvisées forme un vrai livre où la politique et la littérature se coudoient sans se confondre. Lisez les trois *lettres à Alexandre Dumas,* que j'appelais autrefois « mon grand ami » et que j'aime encore de bon cœur malgré le fleuve journellement grossi qui nous sépare ; lisez... mais je n'ai pas d'inquiétude, commencez seulement, vous ferez comme moi, vous lirez tout et vous serez enchanté d'avoir tout lu.

Paul FÉVAL.

23 octobre 1879.

LA
COMÉDIE POLITIQUE

LE GACHIS

A feu Monsieur de VOLTAIRE,
Chambellan du roi de Prusse.

S'il est vrai, Monsieur, que les âmes de ceux qui ont
vécu en ce monde, une fois rentrées, — pour n'en plus sortir,
— dans l'éternité, possèdent le privilège de voir ce qui se
passe sur notre sotte boule, vous devez singulièrement
vous réjouir, vous qui souhaitiez si bruyamment de voir la
France, votre patrie, vaincue, et humiliée ! Je dis vaincue,
et je dis humiliée non point par la force des armes : cet
argument brutal, le canon, que vous invoquiez contre
nous, quand vous invitiez votre Frédéric de Prusse, — un
bien petit grand homme ! — à nous tailler des croupières...

I

Le canon est un instrument de civilisation qui s'emploie un peu à l'aveuglette ; il broie tout aussi bien les gens qui s'en servaient pour broyer les autres.

Je dis vaincue par l'effroyable corruption que vous et les vôtres, Monsieur, avez répandue dans la société moderne, encore que, selon le mot de Texier : « Votre grand châtiment, à vous, Voltaire, qui fûtes un homme d'esprit, soit de n'être lu maintenant que par des imbéciles ; » vaincue par vos sophismes éhontés, par vos outrages aux gloires nationales, par votre mépris du patriotisme, par votre cynisme d'irréligion, par votre dépravation intellectuelle, par votre scepticisme faux et bête, par les fanfaronnades qui vous rendirent un objet de risée pour l'Europe durant votre vie, de dégoût pour la postérité après votre mort.

Je dis humiliée par vos brigues avec l'étranger, par votre courtisanerie, par vos adulations envers ce Frédéric auquel vous voliez des bougies, par votre plate admiration pour les ennemis de la France, par votre orgueil sans bornes, par la niaiserie de votre séquelle qui faisait de vous un oracle infaillible, par votre ardeur à détruire tout ce qui faisait notre gloire et notre honneur.

Tout cela subsiste, Monsieur, et vous-même existez, éparpillé en miettes, et le Voltaire d'aujourd'hui, c'est un monstre à cent mille têtes, dont chacune est armée d'un dard, avec un peu de votre venin, et qui se mettent cent mille à déchirer ce que vous mordiez, et qui, si on les laisse faire, mettront en pièces tout ce qui nous reste de foi, de patriotisme, d'honneur familial, de courage, de virilité, d'espérance et de charité.

Car c'est bien vous, Monsieur, c'est vous et les vôtres qui nous avez faits ce que nous sommes.

*
* *

Ce que nous sommes ?

Ah ! que vous ririez de nous, si vous étiez encore de ce monde !... Que de lettres vous écririez pour vous moquer de ces Welches, retournant à la barbarie par excès de civilisation !

Vous nous avez mis dans un bourbier, et nous y pataugeons, et chaque effort que nous tentons pour en sortir, nous enfonce plus avant dans la vase, et nous demandons une perche à tous nos amis, lesquels se délectent à nous voir patauger, tandis que nos ennemis — que naguère vous félicitiez de nous avoir battus — assistent à ce triste spectacle de l'ensevelissement de toute une nation.

Un peuple qui était juste, honnête, craignant Dieu ; un

peuple que l'univers admirait et imitait, si brave que son nom était synonyme de bravoure, si noble qu'on le prenait toujours pour arbitre ; si riche, qu'il pouvait supporter des siècles de guerre, des années d'invasion, la peste, la famine et... les philosophes, sans en être appauvri ; un peuple qui s'armait pour la Croisade, qui marchait de conquêtes en conquêtes, qui prenait les armes pour toutes les grandes causes, qui se battait à ce point qu'il n'y a pas un pouce du sol de l'Europe, et de mainte contrée de l'Asie et de l'Afrique, qui n'ait été arrosé de sang français ; un peuple qui était à la tête de la civilisation, disputait le sceptre des arts à l'Italie, produisait à chaque siècle une pléiade d'hommes illustres, donnait à chacun de ses monarques de grands ministres ; un peuple qui, s'il tombait, se relevait plus grand de ses défaillances.

*
* *

Voilà ce que nous étions, Monsieur, et j'entendais hier encore ces vers, à la fois splendides et ridicules, qu'un grand poëte a mis dans la bouche de Charles-Quint :

> Si j'étais Dieu le Père, et si j'avais deux fils,
> Je ferais l'aîné Dieu : le second, roi de France !!

Eh bien ! c'est une royauté dont le diable ne voudrait

peut-être pas, aujourd'hui, pour le plus infime rejeton de son innombrable famille.

Ce peuple veut aujourd'hui la paix à tout prix, et les réformateurs de grands chemins qu'il s'est donnés pour tyrans lui font un épouvantail des guerres les plus saintes, et lui ordonnent de railler, si ce n'est d'insulter la vaillante armée qui versera son sang pour le défendre. Un vieux soldat n'est plus un objet de respect : on l'appelle une *vieille culotte de peau*, et l'on rit.

Le passé glorieux, dont nous devrions être si fiers, excite les impuissants dédains de la foule, qui ne s'incline pas devant la grandeur de Suger, de saint Louis, de Colbert, mais qui honore la bosse de Monsieur Naquet, vénère Monsieur Marcou, élit Monsieur Bonnet-Duverdier et fléchit le genou devant Monsieur Gambetta.

Le génie est contraire à l'égalité ; nous sommes tous égaux par l'ignorance, par l'incapacité, par la présomption, par la médiocrité, par l'étroitesse des vues, par le vulgaire des sentiments. Il n'y a plus d'hommes d'Etat, plus de ministres, presque pas de poëtes, peu d'artistes, un très-petit nombre d'écrivains, moins encore de lettrés. On ne lit plus un livre sérieux, on dévore de pauvres romans, on est dévoré par les bas-bleus, et le niveau des intelligences baisse en même temps que l'enseignement se répand davantage, et peut-être est-ce la même loi qui gouverne cette dégradation et cette expansion.

*
* *

La politique, ce fléau que vous ne connaissiez pas, mais dont vous avez été le précurseur, Monsieur ; le matérialisme, que vous pratiquiez ; l'incrédulité, que vous affectiez ; l'ennui bête et plat qui nous ronge ; l'amour des plaisirs et la vanité du luxe qui nous énervent ; l'ambition démesurée qui nous affole ; toutes ces horribles choses que vous et vos amis avez développées, prêchées, imposées par le travail le plus acharné, avec l'habileté la plus satanique, nous ont réduits à ce pitoyable état où nous sommes : malades amollis, sans énergie, sans espoir, qui voyons les médecins à nos portes, qui savons que ces médecins nous sauveront, et qui refusons de les recevoir.

La société n'est plus gouvernée.

En haut, c'est une noblesse partagée en deux camps : les vieillards qui tremblent, gémissent, thésaurisent et croient sauver le monde par des petits moyens de rhéteurs, comme si l'on pouvait guérir la fièvre typhoïde avec des infusions de guimauve ; les jeunes gens, qui font courir et qui courent, entretiennent des drôlesses, tapagent dans les petits théâtres, ne causent qu'avec leur tailleur ou leur bottier, et pour lesquels la France est quelque chose étalé autour de Paris, et Paris quelque chose étalé autour de leur club.

Plus bas, c'est une bourgeoisie, fière de ses écus gagnés par le travail quelquefois, conservés par l'avarice, et qui veut accaparer les places, les emplois, les fonctions: du garde-champêtre au ministre, on est un rouage de l'État, et tout bourgeois veut être un de ces rouages, par lui-même ou par quelqu'un des siens. Et ce bourgeois a plus de morgue, plus d'insolence, plus d'audace que le gentil-homme qu'il jalouse et qu'il déteste, mais auquel il achète volontiers son titre, son écusson et sa généalogie pour en parer la petite bourgeoise qu'il a procréée. M. Poirier est le type d'un million d'exemplaires.

Ce bourgeois n'a qu'un enfant ; c'est lui qui a inventé cette monstruosité de régler à son gré les lois du mariage. Un fils ou une fille ; un fils et une fille, quand il se laisse aller, par faiblesse, à une générosité prolifique dont il se blâme complaisamment, heureux d'afficher qu'il est assez milliardaire pour se donner le faste de deux en-fants.

Plus bas : le peuple, et c'est encore, à tout prendre, ce qu'il y a de meilleur dans la société mauvaise que vous avez faite, Monsieur de Voltaire, peut-être parce que ce peuple ne vous a point lu ou n'a lu de vous que vos ordures, qui souillent les sens, qui pervertissent l'esprit, mais qui n'atteignent pas le cœur.

.·.

Ce peuple est divisé en deux classes : l'ouvrier qui travaille, qui a beaucoup d'enfants, qui se laisse parfois égarer mais qui ne perd jamais en entier son honnêteté native ; le paysan qui laboure, qui s'enrichit, et qui rêve — croyez-le — une nouvelle jacquerie plus terrible que la première, parce qu'elle a plus de raisons d'éclater.

Cet ouvrier et ce paysan sont endoctrinés sans relâche, sans trêve, par des commis voyageurs en révolution que vous connaissez bien, puisqu'ils sont vos bâtards. On leur apprend à ces laborieux que la richesse est à tout le monde et que dans l'idéale république où vous eussiez couronné président le docteur Pangloss, il n'y a plus ni pauvres ni travailleurs ; on leur dit que les fins dernières de l'homme sont de posséder et de jouir ; que la vie n'ayant pas de lendemain, et la mort détruisant corps et âme, cette misérable créature dont le sort est de naître, de souffrir, d'aimer et de mourir, il faut écarter la douleur et la peine, garder la joie; vivre sans Dieu, étouffer la conscience et ne viser qu'à la satisfaction de tous les appétits.

Au-dessous encore de ce peuple, il y a la populace, du sein de laquelle sortiront nos rois de demain. Populace souveraine parce qu'elle est le nombre, populace qui a la force, parce qu'elle n'a rien à perdre et tout à gagner. Là, se rangent les spéculateurs en vice et en débauches, lesquels sont électeurs, et dont le vote vaut celui d'un académicien, d'un magistrat, de n'importe qui enfin ; dont le vote vaut davantage, car ces « pâles voyous » sont en nombre, et Gugusse et Polyte, à eux deux, l'emporteraient sur Ferdinand de Lesseps, Le Play ou le baron de Rothschild.

Et vous voyez où nous en sommes, si vos yeux peuvent encore voir.

Les Grecs de Bysance discutaient, du moins, de métaphysique ; nous nous repaissons de querelles de mots. Les destinées de la France sont soumises au bon vouloir d'un avocat de campagne, d'un déclassé de village, et le moindre petit homme qui, — hier, — plantait ses choux ou ravageait avec sa fourche la litière de ses vaches, peut aujourd'hui bouleverser le royaume de Louis XIV, en déposant une interpellation, un amendement, un ordre du jour, je ne sais quoi, sur le bureau de Monsieur Léon Gambetta, successeur de l'honnête Grévy (Jules).

C'est ce qu'on appelle le régime parlementaire, et nous
vous devons, Monsieur, cette spirituelle invention ; nous
vous la devons par ricochets ; elle procède de la Révolution, qui vous eut pour un de ses pères, cette bâtarde qui
eut tant de pères, et qui fit de si vilains enfants.

Votre philosophisme a engendré tous les maux dont
nous souffrons et qui nous tuent ; parlez-en avec votre
grand Frédéric, qui vous chassa et qui s'en doit repentir.

*
* *

Ce n'est pas à Paris que vous deviez avoir une statue ;
pas même cette statue à qui vos chers Prussiens envoyèrent
un boulet dans le.... vous savez quoi. C'est à Berlin qu'on
devrait vous en élever une, avec la France attachée au
piédestal par une chaîne, les seins nus sous votre regard
lascif, et le front troué par votre plume, qui lui a fait de
plus profondes blessures que le sabre du restaurateur de
l'empire allemand.

L'ARTICLE SEPT

A Monsieur JULES FERRY,

Ministre de l'instruction publique.

Vous avez peut-être entendu parler, Monsieur, d'un empereur nommé Charlemagne qui, avec le concours des évêques français, — fonda quelques milliers d'écoles en France à une époque assez reculée ? Au cas où il vous plairait d'être éclairé sur les visées de ce monarque clérical, veuillez lire sa lettre à Bangulfe, abbé de Fulde ; vous la trouverez dans le tome Ier du *Recueil des Capitulaires*, de Baluze, page 201.

Vous pourrez, dès lors, constater que l'Église catholique, source de tout savoir, s'occupait de répandre la science, bien longtemps avant qu'il existât des ministres de l'instruction publique. Et s'il vous plaît de vous ins-

truire davantage, consultez Guizot, consultez les travaux si
recommandables de Messieurs Guérard, Léopold Delisle, de
la Borderie, de Mas Latrie, Luce, tous savants, peu suspects de cléricalisme, — qui ne seront peut-être jamais
ministres — mais que la passion politique n'aveugla jamais
au point d'altérer sciemment la vérité.

Voici quelques jours déjà que l'on fait trêve aux agitations stériles et que l'on daigne, à Versailles, traiter d'une
besogne moins facile que les invalidations à jet continu
(B. s. g. d. g.) Il va sans dire que vous triompherez : vous
avez le nombre, cette force ridicule. Victoire désastreuse,
d'ailleurs. Souvenez-vous de ce roi d'Espagne qui se com-
parait à une fosse : plus on la creuse, plus on l'agrandit...
Et de ce général qui disait : « Encore une victoire comme
celle-là, et nous sommes F... perdus ! »

* *

Je veux donc supposer, Monsieur, que vous soyez vic-
torieux, dans cette lutte oratoire, et d'avance je me divertis
du singulier embarras où vous vous serez jeté. Ce n'est
pas le tout que de démolir : il faut reconstruire ! Il existe
en ce moment en France, — chiffres approximatifs : —
cent trente-six congrégations enseignantes non autorisées,
dirigeant six cent trente-six établissements d'éducation,

dont le personnel comporte *six mille quatre cent treize* professeurs et *soixante-un mille dix-neuf* élèves, sur lesquels près de dix mille boursiers coûtant environ *douze cent mille francs.*

Pour suppléer aux maisons que vous projetez de fermer, aux congrégations que vous vous proposez de supprimer, il faudra créer *soixante-dix collèges*, dépense évaluée à *cent soixante-huit millions*, sans parler de l'entretien annuel qui grèverait votre budget, déjà restreint, de près de *trois millions.* Vous devrez, en outre, improviser *quinze cents* professeurs ; or le personnel de l'Université employé dans les collèges de l'État est à peine suffisant : sur 2,902 fonctionnaires attachés à vos collèges, il y en a 1,342 qui ne sont que bacheliers ; 862 ne possèdent qu'un titre inférieur à celui de bachelier, 117 sont dépourvus de tout grade et de tout brevet ; vous n'avez que *quarante-cinq* agrégés sur *cent* professeurs, tandis qu'en 1842 la proportion était de *soixante six* pour *cent.*

Par qui remplacerez-vous les Jésuites, qui dirigent *vingt-huit* collèges, où sont élevés un peu plus de *onze mille* jeunes gens et qui ont fourni depuis dix ans *sept mille* bacheliers ? Et parmi ces jésuites-professeurs, je puis vous en citer qui ont des titres suffisants : le P. Turquand, officier d'artillerie, sorti de l'Ecole polytechnique ; le P. de

Plas, capitaine de vaisseau, commandeur de la Légion d'honneur ; le P. de Benazé, ingénieur des constructions navales ; les PP. d'Esclaibes, et de Bussy, ingénieurs des mines ; le P. Jomand, ingénieur des ponts et chaussées ; les PP. Lajudie et Perron, capitaines d'état-major ; le P. de Montfort, capitaine du génie.

J'en passe, et des meilleurs.

*
* *

Ces « obscurantistes » ont, dans leur collège de la rue Lhomond, une bibliothèque de 80,000 volumes : ce même collège, en vingt-quatre ans, de 1854 à 1878, a fait admettre : à l'École centrale, 277 élèves ; à l'École polytechnique, 426 élèves ; à l'école militaire de Saint-Cyr, 1,128 élèves. Ajoutez les listes des élèves reçus à l'École des mines, à l'École forestière, à l'École navale, et daignez reconnaître que voilà une statistique assez intéressante.

Par qui remplacerez-vous les Dominicains, dans leurs collèges d'Oullins, de Sorrèze et d'Arcueil, tous fameux à divers titres, et la magnifique école d'Arcachon, fondée par le P. Baudrand ?

Par qui remplacerez-vous les Maristes, qui possèdent les collèges de Saint-Chamond, de Senlis, de Riom, de Montluçon, de la Seyne, de Toulon, etc., comprenant plus de douze cents élèves, et qui ont eu l'honneur de compter parmi ceux-ci votre sous-secrétaire d'État, Monsieur Edmond Turquet, — fameux par ses circulaires ?

Par qui remplacerez-vous les Eudistes, et leurs cinq collèges renfermant plus de mille élèves ?

Et les Bénédictins, les Oblats, les Oratoriens, par qui donc les remplacerez-vous ? Et enfin de quel droit priverez-vous la France de ces forces vives, de ces hommes de talent et de dévouement, qui ne vous demandent rien et ne vous coûtent pas un sou ? Le succès de vos projets serait plus onéreux que de raison pour les contribuables, et n'aurait d'autre avantage que de donner, à vous et à vos amis, la puérile satisfaction d'avoir fait mettre au clou quelques milliers de robes noires ! Le beau mérite, en vérité, et combien seraient enchantés de ce résultat mirifique les intrépides paladins de l'anticléricalisme !

Vous aurez déjà bien assez de pourvoir d'instituteurs laïques les neuf cents ou mille écoles primaires confiées aux frères des écoles chrétiennes : leur Institut n'est point embarrassé, croyez-le, de placer ses membres à l'étranger : en 1868, ces Frères « ignorantins » comptaient 16 établissements dans les États pontificaux ; 12 en Piémont ; 41 en

Belgique ; 3 en Suisse ; 3 en Prusse ; 3 en Autriche ; 3 en Turquie : 6 en Angleterre ; 2 en Egypte ; 19 au Canada ; 39 aux États-Unis ; 5 dans la Malaisie ; 5 dans l'Indoustan ; 2 dans la République de l'Equateur ; 2 en Cochinchine.

A cette même époque, j'entendis le vénérable frère Philippe — que vous eûtes l'honneur de connaître durant le siège de Paris, où lui et ses frères firent leur devoir en bons Français, — déclarer à un missionnaire qui lui demandait cinq frères pour un collège, et auquel il les refusait, que s'il avait *vingt mille frères* disponibles, ils seraient placés dans les vingt-quatre heures.

Je suis vraiment confus d'étaler tant de chiffres, alors que je m'adresse à un ancien membre de ce gouvernement de la Défense nationale qui n'aimait pas beaucoup à compter... Mais il est bien nécessaire de fournir des arguments péremptoires, et je ne sais rien de brutal comme le chiffre. Vous ne le comprendrez que trop, Monsieur, quand il faudra poser des équivalents à ceux que je vous cite, quand il s'agira de créer des bataillons de professeurs, de gagner des régiments d'élèves, et de mettre en piles des millions pour conduire cette armée ! Que vous regretterez alors d'avoir cloué votre nom à ces lois désormais historiques, — même si elles échouent !

Or, elles échoueront, même si la Chambre les vote,

même si le Sénat les approuve, même si le pouvoir exécutif les promulgue, même si des baïonnettes — intelligentes -- les appuient, parce qu'elles sont un attentat aux droits, aux devoirs et à la liberté des pères de famille.

*
* *

Nos aïeux, plus sages que nous, demandaient *des* libertés, et non pas *la* liberté. Les républicains d'aujourd'hui réclament *la* liberté à grands cris ; ils en sont amoureux à ce point qu'ils la veulent accaparer à leur seul profit, et prétendent ne nous en laisser d'autre que celle d'être de leur avis. Pensez-vous, Monsieur, que les citoyens francais abdiqueront humblement les plus sacrés de leurs droits. Vous aurez peut-être pour vous le Parlement, véritable *Chambre introuvable* de la République. Vous avez déjà contre vous l'opinion publique, et vous êtes jugé.

Au surplus, les discours de Monsieur Paul Bert ont démasqué les batteries du parti dont il est le coryphée : c'est le catholicisme que l'on attaque, et cette campagne contre les congrégations religieuses n'est que le premier assaut à la forteresse. Elle sera vaillamment défendue.

*
* *

L'Église catholique a été la force motrice de la civilisation. Pour les nations et les peuples, comme pour les
individus, c'est un dogme irréfutable que celui-ci : « Hors
de l'Eglise, pas de salut ! » Les railleries n'y peuvent rien:
l'histoire le prouve à chaque page, et je ne sache pas
qu'il soit possible de démontrer que l'histoire ne soit un
enchaînement de faits analogues, de situations identiques :
l'homme se répète de siècle en siècle, se modifiant à mesure
qu'il vieillit, mais *aujourd'hui* ressemble à *hier*, et *demain*
— hélas ! — ressemblera à *aujourd'hui !*...

L'Eglise, en proclamant dès 1179, par la bouche du
pape Alexandre III, que l'esclavage et le servage ne sauraient exister dans la société chrétienne ; l'Église, en ins-
tituant des ordres religieux pour le rachat des captifs ;
l'Eglise en concourant à l'affranchissement des communes,
fut-elle donc ennemie de la liberté ?

Guérard, dans son ouvrage *De la condition des personnes
et des terres au moyen âge*, s'exprime en ces termes :

« Ce qui frappe le plus dans les révolutions de ces
temps, demi-barbares, c'est l'action de la religion et de
l'Eglise. Le dogme d'une origine et d'une destinée com-

munes à tous les mortels proclamé par la voix puissante des évêques et des prédicateurs, fut un appel continuel à l'émancipation des peuples. Il rapprocha toutes les conditions et ouvrit la voie à la civilisation moderne. Les hommes se regardèrent comme les membres d'une même famille et furent conduits par l'égalité religieuse à l'égalité civile et politique. De frères qu'ils étaient devant Dieu, ils devinrent égaux devant la loi, et de chrétiens, citoyens ! »

* *
*

Ce que l'Eglise fut au moyen âge, pensez-vous réellement qu'elle ne l'est plus aujourd'hui, Monsieur ? Et se peut-il que l'on ait la présomption, à l'heure qu'il est, d'accomplir l'œuvre poursuivie depuis dix-huit siècles, car ce n'est pas d'hier que la guerre a commencé ! L'Église a résisté aux persécutions des Césars de la Rome antique, à l'invasion des barbares, aux déchirements du siècle de fer, aux attaques réitérées des Hohenstaufen, aux hérésies sans cesse renaissantes, aux empereurs allemands, aux Luther, aux Calvin, aux Henri VIII, à la Révolution : ce ne sont pas les efforts de vos contemporains qui ébranleront cet édifice, vieux par rapport à nous, non vermoulu pour autant, et qui ne tombera qu'avec le monde.

C'est notre foi, — et cette foi est notre force, — contre laquelle rien ne prévaut.

Mais nous voici bien loin de vos lois et de votre *article sept*. J'y reviendrai en temps opportun. Vous serez peut-être encore ministre quand on le discutera. Vous ne le serez plus, assurément, après qu'on l'aura discuté, — car enfin je crois que le bon sens n'a point été banni de chez nous, et si vous obteniez un vote favorable de la complicité des uns, de la faiblesse des autres, de la soumission de ceux-ci, de la passion enragée de ceux-là, ce serait à désespérer d'un pays qui passe, en somme, pour éclairé, bien qu'on l'accuse volontiers de s'évertuer à détruire le lendemain ce qu'il a construit la veille.

LIBERTÉ ET FRATRNITÉ

— ——

.A Monsieur LEPERE,

Ministre des cultes.

> *Liberté* qui vous incarcère
> *Égalité* dans la misère
> *Fraternité* chaude et sincère,..
> Comme de Caïn pour Abel.

Les honorables bourgeois qui trouvent que tout va pour le mieux dans le meilleur des mondes, et qui se sont ralliés à la République, après avoir démoli l'Empire qu'ils avaient fait, — comme s'ils s'étaient auparavant inféodés à l'Empire après avoir acclamé Louis-Philippe, qu'ils emballèrent en un fiacre, ces bourgeois, dis-je qui survivent à tout, et qui sont toujours à la fois contents et furieux, dé-

clarent qu'on peut impunément déchaîner les foules, et
que les regrettables excès d'un temps encore proche de
celui-ci ne sauraient se reproduire aujourd'hui, la civilisation ayant adouci les mœurs.

La Révolution n'est plus la furie ensanglantée de 1793,
crient-ils en faisant la bouche en cœur ! La République a
l'horreur des massacres, des proscriptions, de l'échafaud :
elle ne prétend qu'à des conquêtes pacifiques : elle convie
à des agapes fraternelles tous ses enfants, auxquels elle
offre ses puissantes mamelles. Elle est enfin la République
athénienne, la République aimable, débonnaire, austère,
vertueuse, bienfaitrice, prospère, glorieuse... Bref ! une
République comme on n'en voit pas. Et par surcroît elle
a, Monsieur, l'honneur de vous compter parmi ses ministres, dans le voisinage du magnifique Jules Ferry, et
d'une foule d'autres Jules, éblouissants de prestige.

* *

L'Être suprême daigne me préserver de critiquer, pour
si peu que ce soit, un gouvernement de cette perfection !...
Je ne suis pas de ces esprits chagrins qui voient le pire
des choses. Tout est merveilleux dans ces institutions nouvelles, que le suffrage universel, s'il était consulté consa-

crerait par autant de votes qu'il en a donné au plébiscite, à l'élection de Napoléon III, et qu'il en donnerait, demain, au couronnement de Tartempion ou de N'importe-Qui Ier.

Donc on ne saurait discuter vos mérites, et je n'y essaierai point. Je m'incline et j'admire. J'admire votre façon de comprendre la liberté et de pratiquer la fraternité. Les quatre vers, mis au préambule de ces lignes, déterminent clairement le sens des trois vertus républicaines, — qui font si bon effet, en exergue, sur les écus d'argent que nous portons au percepteur.

Liberté, Égalité, Fraternité !

Quels mots superbes ! Pourquoi faut-il que, précisément aux époques où ils ont été inscrits sur nos murailles, le sang ait coulé à flots ? Pourquoi faut-il qu'on les considère comme le symbole de l'anarchie et comme l'enseigne d'un foyer de pestilence ? N'est-ce pas sous leur égide qu'un million de victimes furent immolées ?

Ces trois mots ont tué plus d'hommes que le canon prussien.

*
* *

Il y eut donc un temps où la France était un immense champ de carnage ; où les citoyens se dénonçaient les uns les autres ; où l'on tuait sans distinction de sexe, d'âge, ni de rang ; où l'on fusillait, en Vendée, *vingt-deux mille* enfants, au-dessous de quatorze ans et *quinze mille* femmes : où le conseil municipal de Nantes écrivait à la Convention nationale une pétition pour lui représenter que « *les cadavres des noyés par sentence judiciaire étaient en si grand nombre qu'ils obstruaient le cours de la Loire et empêchaient le cours de la navigation, sur un fleuve ayant une lieue de largeur.* »

Il y eut donc un temps où, en sept ans, on décapitait à Paris trois mille individus, parmi lesquels *quinze cent soixante-dix-sept* roturiers, *cent trois septuagénaires* et *neuf octogénaires ;* — où, sur la proposition de ce Cambon, — dont le nom vient d'être donné par votre conseil municipal à une rue qui portait celui d'un illustre maréchal de France, — la loi des suspects instituait *cinquante mille* comités révolutionnaires, coûtant *cinq cent quatre-vingt-onze millions,* par an, pour désigner à la mort, sur un simple soupçon, tels citoyens que bon leur semblerait ; — où l'on noyait, à Nantes, *trente-deux mille* innocents ; — où l'on massacrait, à Lyon, *trente-trois mille* Français ; — où la banqueroute honteuse ruinait les débris d'une société à jamais déshonorée.

Ce temps, Monsieur, est appelé dans l'histoire : la Terreur, mais ceux qui, à votre exemple, lui vouent le culte

de leur admiration le nomment : la GLORIEUSE RÉVOLU-
TION.

*
* *

Oh ! Monsieur, je sais bien que vous et les honorables
bourgeois qui fomentent l'émeute et ferment leurs boutiques lorsque l'émeute est dans son beau, flétrissez avec
énergie les déplorables violences dont je viens d'esquisser
trop sommairement le bilan ! Je sais bien que vous répu-
gnez au carnage et ne voudriez pas couper le cou à un pou-
let. Je sais que lesdits bourgeois, — en vous exceptant,
par décence, — tremblent dans leurs culottes au seul souvenir des... sans-culottes qui jouèrent la farce tragique-
ment grotesque, odieuse et lamentable, dont vous célébrez
avec pompe les anniversaires... Je sais enfin que, dans
votre haute sagesse, vous avez décidé qu'il n'y aurait plus
de massacres du 10 août, de massacres de septembre, de
fusillades, de noyades, de guillotinades, de guerres civiles,
de pillages et d'incendies. Ce n'est pas vous, certes, qui
voudriez voir ce qu'on vit naguère : un enfant de dix ans
se noyant dans le sang qui remplissait le fossé profond de
cinq pieds et large d'un mètre qui entourait l'échafaud
dressé au milieu de la place de la Concorde.

Ces jours d'épouvante et d'horreur ne reviendront ja-

2

mais, déclarent les républicains sensibles qui se pavanent au pouvoir et font joujou avec les destinées de la France... Tout recommence ! Le monde va toujours mal, et l'homme ne cesse d'être le plus féroce des animaux que lorsqu'il reste soumis à la loi du Christ.

*
* *

Prenez-y garde ! Vous déchaînez les passions, vous excitez les colères, vous persécutez dans l'ombre comme à ciel ouvert, si bien que la sainte canaille se croit protégée, et qu'elle ramènera bientôt parmi nous la loi des suspects, la délation obligatoire, toutes les gracieusetés, enfin, de la République une et indivisible.

Depuis quelques mois, en effet, nous assistons à un spectacle honteux. A tous les coins de Paris s'étalent d'infâmes caricatures, où les prêtres, les moines, les religieuses sont représentés sous des traits repoussants, dans des postures ignobles ; on ne se contente point de les tourner en ridicule, on les voue à l'infamie. Ces moqueries odieuses ont une influence très-vive sur le peuple parisien, qui est léger, frivole, gouailleur, voire un peu cynique et qui prend volontiers pour des réalités ce qu'on présente à son imagination sous une forme comique. Les enfants, les gamins, « le pâle voyou », s'arrachent ces feuilles coloriées qui flattent leur haine instinctive de l'autorité, et surtout de l'austérité, et le premier prêtre qu'on rencontre, après avoir commenté au cabaret ou sur le banc d'un square quelque malpropre caricature, est joyeusement insulté.

Les journaux radicaux, — les plus gourmés tout ainsi que les petits « canards », — enregistrent avec un soin extrême tous les faits insignifiants ou graves, prouvés ou non, que des espions à gages leur signalent de toutes parts. Le « carton aux curés », est toujours plein et toujours vide, comme le vidercome de Gargantua. Quand on n'a pas de curé à se mettre sous la dent, on invente quelque noirceur, ou l'on fouille dans les paperasses poussiéreuses pour y découvrir un scandale oublié.

« Le cléricalisme, c'est l'ennemi ! » a dit monsieur Gambetta. Cette parole n'a pas traîné longtemps à terre. La multitude l'a ramassée et s'en fait un mot d'ordre et de ralliement. Alors on fonde l'*Anti-Clérical* et le *Frondeur*, on écrit *A bas la Calotte !* et l'inepte *Lanterne de Boquillon*, ce pamphlet grossier, — traduit en argot de caserne les basses calomnies que l'on déverse par tombereaux sur le clergé ! Comme il est généreux d'injurier des gens qui ne peuvent point se défendre !

Eh bien ! c'est par la caricature, la chanson, le libelle qu'on commence, — et c'est par les coups de fusil qu'on finit.

Il serait instructif de relever la liste de tous les atten-
tats commis contre des ecclésiastiques, depuis le jour où
Monsieur Gambetta — qui le regrettera — s'est étourdiment
jeté dans la bagarre en formulant ce programme de sa république : *Le cléricalisme, voilà l'ennemi !* Depuis le jour où
l'on vous a, Monsieur, arraché aux délices de votre obs-
cure Capoue pour vous charger de ce portefeuille des
cultes qui vous est si lourd, qu'avez-vous fait pour protéger ceux que votre devoir est de représenter et de défendre ?

Ici on assassine un curé ; là on l'attaque, ailleurs on le
chasse. A Douai, un archiprêtre est assailli en plein jour,
dans la rue. A Meudon, un bandit tire à coups de fusil sur
de jeunes séminaristes; et vous faites déclarer par vos
journaux que c'est un braconnier qui a cru tirer sur des
bêtes fauves !!! Enfin à Paris, au cœur de Paris, trois mille
voyous se jettent sur deux prêtres sans défense et voci-
fèrent des cris de mort, et il faut l'intervention de la force
armée pour sauver ces malheureux, coupables seulement
d'être prêtres !

Au lendemain de la Commune on ne vit rien de semblable, et c'est assurément la première fois, depuis la glorieuse Terreur, que de semblables excès se produisent, sous un gouvernement qui a la prétention d'être régulier et d'être respecté. Ce fait, qui vous paraît sans doute n'avoir aucune portée, aura des conséquences terribles. C'est le premier coup de canon, monsieur ; c'est la première escarmouche. Dans quelques jours le prêtre n'osera plus se montrer en public sous l'habit ecclésiastique, et peut-être même en viendrez-vous à lui interdire de le porter.

Et je pense que vous n'aurez plus, alors, l'audace de soutenir que vous ne persécutez ni la religion ni les catholiques ! Il vous sera loisible de jeter le masque et de proscrire ouvertement cet ennemi contre lequel s'acharnent depuis si longtemps vos manœuvres souterraines. Vous y venez fatalement. Vous ne pouvez plus retourner en arrière. Vous êtes débordés. La gueusaille vous submerge, et bientôt vous ne serez plus assez hardis pour exécuter ses décrets. Nouméa va débarquer sur nos côtes.

Monsieur, garez-vous de l'invasion des barbares !

*
* *

Eh bien ! qu'importe ?... La France est catholique malgré tout, malgré vous, malgré les vôtres. Si le pape,

comme aux temps antiques où la foi était souveraine maîtresse des âmes, lançait l'interdit sur la France, et si toutes
les pratiques du culte, l'administration des sacrements, se
trouvaient suspendues seulement pendant trois mois, vous
verriez quelle formidable insurrection vous enverrait, en
chemise et la corde au cou, implorer grâce et pitié !

Les paysans ont fait autrefois la Jacquerie pour se soustraire à la tyrannie des seigneurs : craignez qu'ils ne la
recommencent pour échapper à l'oppression que les villes
font peser sur eux. Les *Ruraux !* dites-vous avec dédain...

Les ruraux nourrissent la France et lui paient le double
impôt de l'argent et du sang. Ils n'ont qu'une seule con-
solation pour tant de labeurs : la foi ; ils n'ont qu'une seule
joie : l'église ; ils n'ont qu'un seul ami : le prêtre. —
Essayez donc de lui enlever la foi, l'église et le prêtre, —
et vous apprendrez à vos dépens qu'on ne touche pas impunément à l'arche sainte !

SIC ITUR AD ASTRA...

A Monsieur PAUL BERT,

Député.

Je prends l'avance, Monsieur, et ne veux pas attendre
que vous ayez remplacé au ministère votre grand-maître de
l'Université, qui n'est vraiment plus digne des faveurs de
la République pour avoir trop éloquemment plaidé la cause
d'un clergé qu'il ne veut pas laisser confondre avec les jésuites.

Et vous, qui entendez si bien l'interpolation des
textes et la falsification des documents, vous qui êtes toujours prêt à vous jeter dans la mêlée, toujours pressé de
faire jouir le monde scientifique de vos découvertes, toujours disposé à envoyer des missionnaires vers les astres,
quitte à ce qu'ils en reviennent morts, — comme Crocé

Spinelli et Tissandier, — vous avez évidemment les qualités requises pour succéder à l'homme fatidique auquel nous devrons la seconde loi des suspects, si le Sénat la laisse passer.

Vous avez une grande part, Monsieur, dans le triomphe douloureux de Monsieur Jules Ferry. Votre éloquence a parachevé un bel ouvrage. Grâce à vous dix mille enfants de France passeront la frontière pour implorer de l'étranger la liberté que vous leur refusez ; nos finances, déjà obérées, se grèveront un peu plus ; l'intolérance et la persécution religieuse seront érigées en système de gouvernement, et, jaloux des lauriers du prince de Bismarck, vous allez continuer son œuvre au moment même où il est contraint de la détruire de ses propres mains.

Je n'entreprendrai point d'examiner quelles peuvent être les conséquences du vote passionné qui vous extasie. Discuter est absurde. Il faut toujours se rappeler cette parole trop vraie d'Alexandre Dumas :

« Les opinions sont comme des clous : plus on tape dessus, plus on les enfonce. »

*
* *

Je tiens simplement à vous faire observer, Monsieur, que dans cette guerre contre la religion des Français, guerre à

outrance, guerre sans pitié parce qu'elle est injuste et
inique, vous avez combattu avec des armes discourtoises.
Ou, si vous préférez une métaphore moins belliqueuse, —
car la robe rouge du professeur vous est moins lourde que
la cuirasse, et vous préférez l'épitoge au ceinturon, — dans
cette *partie*, les dés étaient pipés, les cartes bizeautées, et
vous avez joué à coup sûr. Je le dis pour vous particuliè-
rement qui, instruit — quoique savant — à ce qu'on assure, avez profité de votre réputation d'érudit pour entas-
ser des erreurs sur des « contre-vérités » et pour jeter, du
haut de la tribune, des allégations fausses, appuyées de
textes tronqués, de citations interpolées, de jugements ridicules.

Toute l'Europe a ri du *ministre Ackerbau.* Que voilà
donc un professeur estimable ! s'est-on dit : il parle
de l'Allemagne et ne sait pas l'allemand !... Il parle de
tout... et que sait-il ? Prenez garde qu'on ne mette votre
science en miettes, comme on a déchiqueté le rapport de
votre collègue Spuller.

Votre habileté a consisté à citer à la tribune quelques
textes de casuistes, en les donnant comme l'expression
nette des doctrines des jésuites. Des *neuf* auteurs que vous
avez donnés comme appartenant à la Compagnie de Jésus,
pas un seul n'appartient à la Compagnie de Jésus.

On s'évertuerait vainement à se tromper mieux ! Est-ce de la bonne foi ? Non.

Ces théories de la casuistique, que vous attribuez faussement à des jésuites qui n'ont jamais existé, ces théories, dis-je, vous ne l'ignorez aucunement, sont de imples spéculations philosophiques, des idées émises par des savants et pour des savants, connues seulement et appréciées d'un très-petit-nombre de lettrés, qui n'y voient qu'un jeu des facultés intellectuelles, et non point une doctrine. En philosophie, ces théories sont fréquentes : le paradoxe même est souvent soutenu, et nous avons des gens qui n'ont d'autre métiers que de jongler avec les subtilités de la métaphysique : Michelet, Cousin, Quinet, Charma en ont dit bien d'autres ! Bouchitté ne prétend-il pas que « nul être, plus que Dieu, ne présente plus de contradictions formelles » ?

Et quant à la morale universitaire, je me contenterai de vous citer à mon tour, deux opinions de deux philosophes sur les devoirs de l'homme envers ses semblables :

« Pour une existence étrangère, dit Monsieur Damiron dans son cours de Philosophie, pour un être non à moi, être plein de sollicitude, d'intérêt et d'amour, est une hypothèse absurde. »

Destut de Tracy, dans ses *Éléments d'idéologie*, ajoute:

« *Je dirai naïvement que l'oubli des premières condition* *de notre être se retrouve dans ce précepte tant vanté :* « Aimez-vous les uns les autres. »

Peut-on plus ouvertement ériger l'égoïsme en système ?

Vous avez donc, Monsieur, battu en brèche une doctrine qui n'existe que dans votre imagination, et vous avez grand tort de jouter contre les finesses de la Théologie, qui n'est point faite pour le *vulgum pecus*. Prenez le catéchisme, et trouvez-y un seul mot qui ne découle de la morale la plus pure ! C'est là que vous trouverez l'enseignement des jésuites, qui est l'enseignement de l'Église, ni plus ni moins.

Mais fouiller des livres oubliés depuis un siècle, en extraire péniblement des phrases mutilées, apporter dans un débat, comme arguments, des amusettes de philosophes, c'est avouer misérablement qu'on n'a rien trouvé de meilleur et qu'on en est réduit aux armes déloyales.

Serais-je de bonne foi si, m'appuyant sur des affirmations de Messieurs Cousin, Lerminier, Saint-Hilaire, je disais que l'Université d'État encourage et conseille le suicide, et si, armé de l'*Histoire du Gnosticisme* de Matter, je l'accusais de renouveler l'hérésie des Nicolaïtes ?

*
* *

Pascal, du moins, dans les *Provinciales,* — « ce mensonge immortel », a dit Châteaubriand, — avait su, selon
l'expression de Joseph de Maistre, « rendre la calomnie
divertissante ! » Mais vous ?... Savez-vous seulement que,
le 6 juillet 1610, Claude Acquaviva, général de la Compagnie de Jésus, défendit, sous peine d'excommunication,
à tous ses religieux *présents et à venir,* de soutenir la doc-
tride du *tyrannicide,* soutenue et enseignée par Gerson,
chancelier de l'Université de Paris, par Luther, Théodore
de Bèze, Knox, Buchanan, par l'université de Paris elle-
même en 1589 ? Toutes vos affirmations sur les jésuites
régicides tombent d'elles-mêmes.

Je ne vous dirai rien des luttes du Parlement de Paris
contre les Jésuites. Vos discours, sur ce point, ont été
réfutés avec une science irréfutable par Monsieur de Cas-
sagnac père, qui vous a donné une fort belle leçon d'histoire, et qui a eu le plaisir de vous démontrer, — devant les
quelques centaines de députés que votre fausse érudition et
votre incomparable aplomb avaient pris pour dupes, — que
vous ne saviez pas lire, ou traduisiez mal le latin, ou pre-
niez facilement les thèses pour des solutions. Votre mésa-

venture à propos du P. Gury est à mettre en parallèle avec votre mésaventure à propos du ministre Ackerbau. . Ackerbau et Tityrus !

* *

Mais on a enchéri, et d'autres orateurs, avec vous et après vous, ont apporté à la tribune des livres dont ils se sont fait des arguments contre l'enseignement catholique. On a, comme il arrive toujours en pareil cas, rappelé des événements funestes de notre histoire, la Saint-Barthélemy, la Révocation de l'Édit de Nantes, que sais-je ! Le débat pourrait être porté publiquement sur ces problèmes historiques, assurément mal jugés jusqu'ici, et qu'aucun historien n'a pu encore, faute d'éléments suffisants, apprécier à leur juste valeur. On a fait une campagne contre le cours d'histoire classique de l'excellent M. Chantrel, — qui ne s'attendait pas à pareille fête, et contre les petits livres de M. Barthélemy, — qui ne méritait, croyez-le,

Ni cet excès d'honneur ni cette indignité !

Enfin, on est allé plus loin encore : il y a de petits opuscules, écrits pour les illettrés, pour les paysans et les servantes, dont le faible entendement veut une pâture bien

3

différente de celle qui conviendrait, Monsieur, à un auguste professeur en Sorbonne. On s'est occupé de ces niaiseries, qui n'ont pas plus de rapport et de relation avec les doctrines des Jésuites et les enseignements de l'Eglise, que les romans de M. Jules Verne n'en ont avec les comptes-rendus de l'Académie des sciences, ou les contes d'Alexandre Dumas avec les réalités de l'histoire.

Ceci est mesquin, et d'ailleurs, qu'est-ce que cela prouve? Que des gens trop zélés, d'un esprit étroit, exagèrent l'expression de sentiments respectables?... Et après?—Que de naïves bonnes femmes ont une dévotion outrée? Que des ascètes pieux ne voient pas le monde tel qu'il est, ou, ne le voulant point voir, se réfugient dans un mysticisme exalté? — Et après? A qui portent-ils noise? Quel mal font ces dévots? Empêchent-ils l'essor de la pensée? Ont-ils, par exemple, pesé en quelque façon sur l'intelligence des esprits plus élevés?

*
* *

Ne dites pas que la doctrine catholique est puérile, qui forme, conduit et soutient des hommes tels que Malebranche, Fénelon, Liguori, Bessarion, Lingard, Bellarmin, Fléchier, Racine, Corneille, Châteaubriand, de Maistre, Donoso Cortès, Bonald, Berryer, Gerbet, Spallanzani, Secchi

Vico, Copernic, Cassini, Gassendi, Kepler, la Condamine et mille autres savants, artistes, écrivains, orateurs, guerriers, qui se sont fait gloire d'être les disciples d'une religion que vous autres, enfants des temps nouveaux, cherchez à renverser, comme si déjà les dents de certains dogues, plus féroces et plus forts que vous ne le serez jamais, ne s'étaient pas brisées sur les palissades de l'Église !

Vous connaissez l'axiôme populaire : « Un peu de science éloigne de Dieu, beaucoup de science y ramène. » Vous êtes, sans doute, fort loin de Dieu, — cette hypothèse !— et vous n'y serez point ramené : votre orgueil fait votre aveuglement. Ce qui est triste, c'est que tout votre savoir aboutisse aux moyens pitoyables que vous employez pour servir vos haines révolutionnaires : c'est qu'un homme, en définitive noté parmi les intelligents d'une époque où il y en a si peu, abaisse à ce point son caractère et son talent, qu'il se permette des « fictions » historiques, en plein parlement ; qu'il aille ramasser dans la poussière des bibliothèques des bouquins oubliés, dédaignés, voire condamnés, pour en écraser des adversaires qui méritent, du moins, l'honneur d'être combattus en face, hautement et noblement.

*
* *

Pourquoi donc, Monsieur, puisque vous parliez des Jésuites, n'avez-vous pas cité, pêle-mêle, ne fût-ce que pour
montrer que vous les connaissiez : — le P. Kircher,
égyptoloque de haut renom ; — le P. Eckhel, qui est à
la numismatique ce que Linné est à la botanique ; — le P.
Marchi, auteur de la *Roma sotterranea;* — les PP.
Martin et Cahier, archéologues de premier ordre ; —
le cardinal Maï, à qui nous devons la découverte du
traité *de Republica,* de Cicéron ; — le P. Seghers, peintre,
et les autres jésuites artistes, sculpteurs, architectes, mu-
siciens ; — le P. Lana-Terzi, inventeur de l'aérostat ; —
les explorateurs des pays inconnus, tels que d'Acuna,
Paëz, Sicard, Marquette (qui découvre le Mississipi). C'é-
tait de tous ceux-là qu'il fallait parler : de ceux qui ont
rendu tant et de si grands services à la civilisation, à la
science, à la société, et non de ces braves casuistes qui se
divertissaient aux recherches bizarres qu'inspire le goût de
la philosophie, et dont les travaux n'étaient, pour ainsi
dire, que les canevas des lois morales, ou la broderie jetée
par un artiste sur une toile déjà chargée de tout ce qu'elle
peut supporter. Que nous font vos casuistes, à nous qui ne
sommes ni théologiens, ni confesseurs ?

*
* *

Est-ce que des milliers de polytechniciens, sortis des
collèges des jésuites, ont introduit, par hasard, la casuistique dans les écoles, dans l'armée ? Votre illustre collègue
M. Lepère, a-t-il appris des jésuites une doctrine retorse
et compliquée, de nature à nuire à son avancement dans la
productive carrière où le pousse la politique ?

Plaisanterie pure, je pense ! Vous vous êtes diverti, Monsieur, aux dépens de la Chambre des députés, qui vous
applaudissait de confiance. La Fontaine a fait une jolie fable,
que la mémorable séance où vous brillâtes me rappelle : *Les
Animaux malades de la peste*. Vous fûtes le premier à crier :
« Haro sur le baudet ! » Baudet haïssable, coupable de
valoir cent fois mieux que le singe, le loup et le lion, mais
coupable d'être casuiste, et de laisser passer, avec une indifférence méprisante, de pauvres malheureux petits opuscules, qui s'en vont exciter le fanatisme des servantes de
curé !

De morale et de moralité nous ne parlerons pas, je
présume. Ce n'est point ici le cas, et je laisse à mes spirituels confrères du *Triboulet* — qui savent, eux, ce que
coûte la liberté de la presse, sous la République,—le soin

de s'associer aux vertueuses indignations que vous avez soulevées, et d'en faire convenablement ressortir la sincé-rité !...

ROBES NOIRES

A M. Francisque SARCEY.

Les Parisiens de l'heure présente ne se rappellent plus la courageuse campagne entreprise contre les ridicules et les vices de leurs contemporains par deux hommes d'esprit — qui se donnaient le travers d'être républicains — en un temps où l'on ne connaissait encore ni la république athénienne de Monsieur le président Gambetta, ni la république austère de Messieurs Le Royer et Andrieux, ni la république de l'honorable Gugusse, ni les deux ou trois douzaines de républiques assorties qu'on va nous étaler sur le comptoir.

Alfred Delvau et Alphonse Duchesne ressuscitèrent un moment le *Junius* anglais du siècle dernier : un *Junius* vi-

rulent, âcre, terrible, auquel son patron — le plus habile
journaliculteur de l'époque — fut contraint d'arracher son
fouet, qui cinglait trop, et laissait des marques cui-
santes,

Vous avez connu, Monsieur, ce *Junius* à double face, et
vous en avez reçu des égratignures.

Il aurait de la besogne, aujourd'hui ! Il y a tant de ridicules à railler, tant d'hypocrisies à démasquer, tant de
vilains à bafouer, tant de coquins à flageller, tant de sots
à moquer ! Et si notre grand Balzac était encore de ce
monde — pour son malheur, — ne pensez-vous pas qu'il
ajouterait de cruelles pages à ce chapitre des *Illusions
perdues*, où Lousteau plonge Rubempré dans les bourbes
parisiennes ?

La fortune est au plus audacieux ; la gloire au plus habile. J'entends audacieux et habile dans l'art ou le métier
des autres. Demandez à tous les repus qu'on envoie remplacer tant de dégommés !

Il m'est venu à l'esprit, Monsieur, — après avoir relu les
Illusions perdues, qui sont mon bréviaire de gazettier, — et
les *Lettres de Junius*, qui m'initièrent à la polémique dès le
jour où, — tout pimpant de jeunesse et tout ensoleillé d'es-

pérances, je les achetai cinq sous à l'étalage d'un bouqui-
niste, — il m'est venu, dis-je, à l'esprit, qu'il serait amusant, en ces jours de mensonge effronté, de semer quelques
vérités, — en choisissant de préférence celles qui ne sont
pas bonnes à dire,

Que de gens il faudrait barbouiller de bonne encre pour
les bien laver !... Supposez que nous causions ensemble, —
massés en un petit coin, — de toutes sortes de choses. Je
suis extrêmement bavard, d'une franchise très-brutale ; j'ai
les propres allures de feu mon compère le paysan du Da-
nube... De votre côté, vous êtes fort épais, et votre gros
bon sens est bien... gros. Nous parlerions à notre aise de
vous, de l'Académie, des journaux, des boutiques d'esprit,
de la Chambre et même de moi pour finir. Et je parie bien
que nous serions d'accord au bout de cinq minutes, car je
vous fais l'honneur de croire que vous ne pensez pas toutes
les fadaises que vous nous débitez presque chaque matin.

* *

Le moment serait bon pour faire certaines expertises.
Notre société pourrie se disloque et s'émiette, — ce qui
vous est peut-être bien égal. Nous assistons à un spectacle
sans pareil, que peu d'hommes savent regarder. On est
affolé de théâtre, et le monde entier joue la tragédie. Sha-

3.

kespeare a prévu et copié notre temps. Les *Roi Lear* et les *Hamlet*, les *Macbeth* et les *Shylock, Montaigu* et *Capulet,* se battent, se déchirent et se tuent devant nous, — et font l'histoire.

Le grand malheur de notre temps, Monsieur, c'est que, non-seulement il n'a plus de croyances — à quoi vous et les vôtres avez contribué de votre mieux — mais qu'il n'a même plus d'illusions. Nous vivons au siècle des illusions perdues.

Autrefois, on aimait le sol natal : depuis qu'un sceptique s'est vanté d'emporter la patrie à la semelle de ses souliers, on ne respecte plus cette « abstraction » antirépublicaine. *On va, on vient, on court, on se promène,* en rêvant à la fédération universelle. Le patriotisme est la première vertu que perdent les nations en décadence. On a son drapeau dans sa poche, on ne l'en sort que pour faire enrager le voisin, on n'en parle que pour en médire. Patrie et drapeau ? Illusions perdues !

En politique , personne n'a plus le sentiment de la hiérarchie.

Polyte et Mes-Bottes veulent gouverner pour leur part. Les entrepreneurs de *clapiers* et les souteneurs de filles sont électeurs, éligibles... élus peut-être ! La politique n'a d'autre règle que l'intérêt, d'autre frein que la force, d'autre sanction que la faiblesse des majorités et l'audace des minorités. Illusion perdue !

Quel enfant de seize ans ne prétend à l'indépendance ? Les pères se répètent cette énormité : « Je veux être le camarade de mon fils ».... Le camarade ! Pourquoi pas le complice ? Les mères se hâtent de se débarrasser de leurs « demoiselles», et leur souhaitent d'avoir peu d'enfants. Je l'espère bien !... Qu'en feraient-elles ? Du mariage, n'en disons rien ! Il n'est plus un sacrement; il n'est qu'un contrat, et le canif y fait des trous... La famille ? Illusion perdue !

L'amour n'est plus une passion : c'est un vice, et le plus dégradant de tous, un vice tarifé. On cote l'amour sur son budget : dépense hygiénique, donc, nécessaire. Les grands sentiments ? la chevalerie ? « *Ah ! zut ! nous prend-on pour des ancêtres ?* » On accorde à l'amour un quart d'heure par journée, — un louis, — ou dix sous, selon ses moyens, et c'est une affaire bâclée. Le naturalisme gagne du terrain — de ce côté-là. Il n'est plus question de l'échange de deux fantaisies, mais seulement du contact de deux épidermes. On affiche Blanche de Velours ou la Baronne : qui donc se vanterait du platonisme de Dante ?... L'amour ? Illusion perdue !

* *

Puisque j'ai pris le droit, Monsieur, de vous adresser cette lettre, vous daignerez me permettre de vous présenter quelques timides observations sur la campagne que vous battez, aux côtés de votre ami About. Et comme vous êtes le champion fervent et passionné des lois étranges qu'élabore le plus médiocre des Jules, j'estime que vous m'accorderez la permission d'en causer un tantinet avec vous.

* *

Je ne suis pas grand clerc, sachez-le, et me déclare plus idoine à recevoir des leçons qu'à en vendre. Seulement, je possède sur vous un avantage : vous êtes un indolent célibataire, — vous papillonnez, vous ne cultivez pas ! Vous vivez dans la béatitude d'une conscience complaisante, en chanoine... laïque. Vous ne vous occupez ni de Dieu, ni de la société, ni des hommes : Vous entendez vous soustraire aux responsabilités.

Moi, je suis père de trois garçons — ce qui me donne sur vous une éclatante supériorité, car vous n'êtes qu'un, et je suis *plusieurs* — et vous et les vôtres avez fait la loi qui rend meilleure la raison du plus grand nombre.

Je vous pose donc ma première question.

Pourquoi, Monsieur, détestez-vous si fort les robes noires ?

Votre haine acharnée est le secret de votre popularité, et la source de votre fortune. Votre besogne est d'*éreinter le curé*; vous êtes le trucheman des nombreuses dénonciations qu'on vous envoie de toutes parts. Vous êtes, enfin, un très-expert « attacheur de grelots ». Vous y gagnez votre vie, et certain proverbe affirme qu'il n'y a pas de sot métier, ce que vous pourriez traduire en latin, propre langue de Vespasien.

Mais pourquoi cette haine du prêtre, du moine, du congréganiste ? Elle serait à peine plus ardente si quelque prêtre, des moines, des congréganistes, vous eussent, d'aventure, élevé par charité.

Chaque jour, paisiblement installé dans votre fameuse bibliothèque de la rue de Douai, — et dans le costume que vous savez ! — armant votre dextre d'une plume acérée, vous fabriquez une diatribe perfidement bonasse contre le clergé.

Tantôt c'est un vicaire qui a pris la clef des champs ; tantôt c'est un frère qui a fouetté un gamin ; c'est une sœur qui a roussi les jupes d'une fillette ; c'est un sacristain qui a voulu endoctriner un électeur grincheux... Que sais-je encore ?

Combien toutes ces fariboles vous doivent amuser, et
que vous devez être gai de les voir prendre au sérieux !...
M. Edmond About peut-il vous regarder sans rire ? Ce
n'est pas de vous qu'on pourrait dire : *De minimis non
curat prætor !*

Vous avez donc, chaque matin, la suave satisfaction de ne
vous mettre à table qu'après avoir fait du mal à quelqu'un.
Vous donnez la férule à un évêque, ou clabaudez contre
un miracle, ou bafouez les pieuses croyances de nos mères
et de la vôtre, je le gagerais ! — Vous prodiguez à ce
morceau de style, qui fera se pamer d'aise les piliers de
mille cabarets, toutes les fleurs de votre rhétorique, toutes
les grâces de votre langage, tout le miel de votre doctrine — doctrine bizarre qui consiste à nier tout ce qui ne
se touche pas ou ne se mange pas. Vous voilà donc tranquille, satisfait, repu — mais toujours inassouvi comme
l'impératrice romaine, pour qui vous eussiez été un
agréable jouet.

*
* *

Eh bien ! Monsieur, tout cela ne m'échauffe point contre
vous. Ça vous rapporte, et vos abonnés vous glorifient.
Il faut bien, par quelque moyen, justifier cet aphorisme :
« Le bêtise humaine n'a pas de bornes. » De vos articles,

en vérité, je n'aurais cure s'ils ne servaient de prologue à la grande farce, en beaucoup de tableaux, que nous veut jouer M. Jules Ferry, — un Sarcey arrivé.

En ce temps de liberté où l'on nous fait vivre — un peu malgré nous, convenez-en — Monsieur Jules Ferry, et d'autres Jules, sans vous compter, Monsieur, ont découvert qu'il fallait faire aimer la République par force, et, pour ce, interdire au père de famille d'élever ses enfants ailleurs que dans les manufactures de bacheliers exploitées par l'État. C'est superbe !

*
* *

Guerre aux robes noires ! Nos fils sont à Draçon-Ferry, qui les gouverne par des ordonnances, et si nous prétendons les élever à l'encontre des idées Ferry, on nous enverra devant les juges, — pas devant ceux avec lesquels vous eûtes, Monsieur, de menues difficultés. Ceux-là, on les aura fait déguerpir — et nous serons condamnés — et nous nous en moquons, sans vergogne, d'être condamnés ! — parce qu'après tout, nous sommes les maîtres.

Je voudrais bien voir qu'on me vint intimer d'envoyer mes fils à l'école chez les gens de M. Ferry, sous prétexte que les congrégations auxquelles je les veux confier ne sont pas reconnues par l'État !... Qu'est-ce que me fait l'État, s'il vous plaît ? Je lui ai payé l'impôt du sang ; je lui paie l'impôt d'argent, — bien que la République ne m'enrichisse aucunement: — je vis fort isolé, loin de la politique et de ses agitations stériles; bref, je suis un honnête citoyen et je réclame simplement qu'on ne viole pas ma liberté.

Or, on prétend me soustraire, malgré moi, à l'influence des robes noires, influence que je sollicite, robes noires que j'aime. Il me plaît de hanter les Jésuites et de saluer les dominicains. Cela vous gêne-t-il, Monsieur ? Et qu'est-ce, encore une fois, que vient faire l'Etat dans mes rapports avec les jésuites ou les dominicains ?

Vous qui criiez si fort contre l'obscurantisme de l'Eglise, naguère, quel démenti ne vous donnez-vous pas maintenant ? L'Église ne revendique pas le monopole de l'enseignement ; elle réclame, et c'est son droit, la liberté d'enseigner, sans contrôle imbécile ou malveillant. Bienfaitrice de la société, aux âges d'ignorance, elle fut toujours l'initiatrice et la mère de la civilisation. Vous lui devez tout, dans le domaine de la science. Elle n'est restée étrangère à aucun progrès intellectuel. Quelle défiance ridicule vous prend aujourd'hui ?

*
* *

Ah ! c'est que, peut-être, lorsqu'on songe à ce qu'on a été, et qu'on se compare, dans le présent, à ce qu'on fut dans le passé, il est désagréable de penser — quand on soupe joyeusement au sortir du théâtre, — qu'il y a, à cette heure même, des milliers de moines, robes noires ou robes blanches, qui dorment sur la dure, ou qui sont prosternés sur les dalles glacées... C'est que le scepticisme est plus commode que !a foi, et permet davantage...

C'est qu'enfin la robe noire est la vieille ennemie, et qu'il la faut attaquer pour être bien en cour, pour jouir sans remords importuns, pour arrondir paisiblement son capital, pour obtenir l'acclamation des multitudes, et surtout, — surtout ! — pour faire fleurir sur ce terrain infertile, ingrat, qu'on appelle un journal, cette plante grasse et productive qui s'appelle l'abonné !...

Et tout est là, quoi qu'on en die !...

DANS LES AMES BIEN NÉES...

A M. Louis BLANC,

Député.

Au temps où nous étions jeunes, on nous donnait à lire l'histoire des Enfants célèbres, pour exciter notre émulation et pour nous démontrer qu'on peut être un héros dès l'âge le plus tendre. On nous parlait de Bayard et de Duguesclin, des petits peintres, des petits poètes, des petits artistes et des petits soldats. On nous apprenait que parmi les païens eux-mêmes, un païen de beaucoup d'esprit, mais d'un esprit corrompu, avait formulé cette belle parole :

« On doit un très-grand respect à l'enfance. »

Il paraît qu'on a changé tout cela, qu'on ne doit plus de respect à personne, et que, pour figurer désormais parmi les enfants célèbres, il est devenu indispensable de ne plus croire à rien et de penser librement. La première des vertus républicaines, c'est un aimable athéisme ; la seconde, c'est l'absence des scrupules.

* * *

Le hasard me fit rencontrer hier, aux environs de Saint-Sulpice, l'un des plus célèbres sacrilèges de ce temps-ci, le premier qui osa porter la main sur la divinité du Christ et qui voulut rabaisser aux proportions de notre misérable humanité le Rédempteur dont il avait failli devenir le prêtre.

Je vis cette figure glabre, ce nez fameux, cette bouche sarcastique. Je ne pus voir les yeux, constamment baissés, ou fuyants, mais qui toujours évitent le regard d'autrui.

Sur le dos bombé, flottait une redingote aux larges pans, qui semblait taillée dans une vieille soutane. Le personnage ne me plaît pas. Je ne suis pas de ceux qui le saluent, malgré toute sa gloire et tous les honneurs qui l'écrasent.

Je préfère l'honneur mis au singulier.

Eh bien ! Monsieur, en voyant cet illustre, si pleinement repu, si lourdement satisfait, qui patauge dans ses bénéfices et qui est l'ami des dieux, — je me disais que le lycéen dont vous avez plaidé la cause du haut de la tribune pourrait devenir un jour semblable à cet illustre, porter semblable redingote, et démontrer en de gros volumes — à l'instar de Monsieur Jules Soury — que Jésus était un névropathe, affligé de démence héréditaire. Et j'avais, ce me disant, grande envie de faire mon compliment à l'illustre, de réunir une cohorte de tels disciples; — mieux encore, il m'aurait plu de lui demander son avis sur la question. Je ne pus vaincre mes répugnances, et nous serons privés de cet avis précieux.

*
* *

L'élève du lycée Saint-Louis qui a commis un acte qualifié sacrilège par la religion à laquelle j'ai, comme vous, le bonheur d'appartenir, est en passe de devenir un puissant personnage. Il en prend le chemin, que ni vous ni les vôtres ne lui barrerez. On a failli le récompenser. On l'eût fait — un peu plus tôt... ou un peu plus tard ! Je ne sais pas son nom, et je le regrette. Je l'eusse gardé en mes souvenirs. Il est toujours utile de connaître de ces gens dépourvus de scrupules.

Ce malheureux n'est pas le seul coupable, au surplus ; il est même le moins coupable. Je le plains autant que je le blâme. Puisqu'il est de nationalité étrangère et qu'il paie l'hospitalité qu'on lui accorde par des exemples pernicieux, qu'on le renvoie d'où il vient. Puisqu'il est impie, qu'on le guérisse, et s'il ne veut pas, qu'on lui apprenne à respecter la liberté et les croyances d'autrui.

Je voudrais qu'on créât des collèges d'où seraient bannis l'enseignement et la pratique de toute religion ; où l'on punirait plus sévèrement l'enfant qui ferait sa prière qu'on ne punit, chez les Jésuites, celui qui ne la fait pas. Il y aurait, à cette innovation, deux avantages : le premier, c'est qu'on pourrait observer les résultats pratiques d'une pareille éducation ; le second, c'est que les parents libres-penseurs auraient un lieu où fourrer leur progéniture, sans exposer nos enfants au contact d'athées en herbe.

L'expérience, je l'avoue, serait cruelle ; mais ne semble-t-il pas qu'elle devient nécessaire lorsqu'on voit — chose inouïe ! — un député prendre en main la cause d'un sacrilège imberbe, et un ministre s'excuser d'avoir infligé au criminel un châtiment déterminé par les règlements universitaires ?

*
* *

Donc, nous en sommes-là ! Que de telles questions soient portées à la tribune, c'est un étrange signe des temps. Le premier devoir de vos collègues, Monsieur, était de vous imposer silence. Le ministre n'avait pas à vous répondre. La discipline des établissements de l'Etat lui appartient, et pour quelle meilleure cause eut-il usé de ses pouvoirs? Que vous importe un élève chassé? Vous parlez au nom de la liberté de conscience, dites-vous? Qui obligeait cet élève à communier? Ne voyez-vous pas que vous attentez plus violemment encore à la liberté de la conscience, à la liberté de la foi de trente millions de catholiques français, en faisant l'apologie de ce qu'ils considèrent comme un crime?

*

En passant, laissez-moi exprimer le regret qu'on n'ait pas saisi cette occasion d'examiner la situation actuelle de l'enseignement religieux et ses résultats dans les lycées. L'organisation de l'aumônerie, dit-on, laisse à désirer, et les règlements qui régissent l'exercice de la religion ne sont pas, dit-on encore, le modèle du genre. Si le débat se fût engagé sur ces diverses questions, qui intéressent passablement les pères de famille, le ministre Ferry aurait peut-être soutenu moins vigoureusement l'assaut, et votre éloquence, Monsieur, aurait eu à s'exercer sur des sujets moins en rapport avec la taille dont vous a doué la nature.

Vous déclarez qu'il est monstrueux pour un gouvernement de décider quelle est la vraie religion. Ce n'est pas mon avis. Ce n'est pas non plus, heureusement, l'avis de tout le monde. L'article premier de la Constitution donnée en 1848 par le libéral Charles-Albert porte que « la religion catholique, apostolique et romaine est la seule religion de l'Etat ». Les autres cultes sont tolérés. Je ne sache pas que cette loi ait été abolie dans le nouveau royaume d'Italie. En Angleterre, en Russie, en Allemagne, en Hollande, en Suède, il y a une religion de l'Etat, et vous n'êtes pas sans savoir qu'en mainte occasion cette religion de l'Etat ne se montre point tolérante, surtout vis-à-vis des catholiques.

L'Irlande et la Pologne, même dans l'histoire contemporaine, me fourniraient des arguments décisifs. En France, il n'y a pas de religion d'Etat en *droit*; il y en a une, en *fait*; la loi reconnaît tout au moins que la religion catholique est celle de la majorité des Français ; or, vous qui arguez constamment du droit des majorités, pourquoi refusez-vous de vous soumettre à cette majorité légalement reconnue ?

Un dogme religieux, quelqu'il soit, n'est pas une vérité légale, affirmez-vous. — C'est absurde. Pourquoi, en ce cas, l'Etat admet-il le célibat des prêtres, et pourquoi ne peuvent-ils contracter le mariage civil ? Pourquoi l'Etat reçoit-il les Encycliques, Lettres pastorales, Bulles et Brefs émanant du Souverain-Pontife, ce qui leur donne force de loi; avec la seule restriction relative aux libertés de l'Eglise gallicane, restriction illusoire, parce qu'il n'y a plus d'Eglise gallicane ?

Pourquoi l'Etat maintient-il le budget des cultes, la conservation des églises ? pourquoi protège-t-il le recrutement ecclésiastique ? Pourquoi dispense-t-il les clercs du service militaire, en vertu de l'axiôme : *Ecclesia abhorret à sanguine ?*

Toutes ces choses ont pour principe un dogme religieux, et la loi qui les protège reconnaît par le fait même le dogme religieux dont elles sont issues, et ce dogme devient alors une vérité légale, puisque agir contre le dogme serait agir contre la loi.

*
* *

Vous parlez aussi de l'égalité des cultes. Cette égalité n'existe pas. Je vous défie de permettre l'exercice du culte israélite dans son absolue plénitude ; aucune loi, en France ou ailleurs, ne l'autoriserait : l'essence même de cette religion est en contradiction formelle avec nos lois sociales.

J'en dirais autant pour l'islamisme, que vous protégez et dont les sectateurs sont nécessairement nos ennemis implacables. Mille années de prédication et de *colonellisation* en Algérie n'y changeront rien. Pour un musulman, tout en haut de l'échelle, — ou tout en bas, — le chrétien sera toujours un *chien,* même quand ce chrétien ne le serait que de nom, comme vous.

Vous ne prétendrez pas que le protestantisme soit égal au catholicisme ? Il n'est pas une religion, il est une secte. Il a l'infériorité du nombre ; il a été banni, durant de longues années, par les lois civiles. Il s'est implanté en France avec le secours de l'étranger, en provoquant l'invasion de l'ennemi sur le territoire français. Il a fallu les armes allemandes, les armes anglaises pour le faire florir sur notre sol, qu'il a arrosé de sang.

Ne parlez donc pas de l'égalité des cultes, Monsieur. C'est l'Eglise catholique qui a fait la France, et ce sont les Eglises dissidentes qui ont tenté de la défaire. Mahomet est un nouveau venu parmi nous, et pourtant il me donne raison, car vous admettez comme une vérité légale le Coran, dogme religieux qui autorise la polygamie, puisque vous tolérez la polygamie que nos lois punissent !

*
* *

Vous ajoutez : « Les hommes qui étaient alors au pouvoir (sous la Restauration) se donnaient pour les chargés d'affaires de Dieu ; ils croyaient que leur religion à eux était la religion certaine, la religion vraie, la religion indiscutable... Ainsi, la loi de sacrilége avait alors sa raison d'être. »

Eh bien ! Monsieur, il n'y a rien de changé!... Pour les deux tiers de la population de la France, la religion catholique est certaine, vraie, indiscutable, et le principe d'autorité émane de cette vérité certaine, vraie, indiscutable : *Omnis potestas a Deo...*

Ce ne sont point des lois contre le sacrilège qu'on vous demande. On peut s'en passer. Dieu se charge de venger les injures qu'on lui fait. Mais ce que nous exigeons, c'est que vous ne fassiez point l'apologie du sacrilège. Nous vous permettons de ne pas accepter nos dogmes, de ne vous y soumettre point, nous voulons que, si vous les discutez, vous les discutiez de bonne foi ; nous vous interdisons d'insulter à nos croyances. Et, ne vous plaise ! c'est notre droit. Nous sommes le nombre, c'est une raison qui ne peut convaincre que les pusillanimes ; nous sommes la vérité, de par la tradition, de par l'histoire, de par la foi, et nous ne refusons le combat que lorsqu'on se sert contre nous d'armes déloyales.

*
* *

Et vous, s'il vous plaît, de quel droit parlez-vous de vérité légale et de dogme ? Ne prétendez-vous pas substituer à notre foi je ne sais quelle liberté de penser qui consiste à nier tout, Dieu d'abord, et tout ce qui émane de Dieu ? Vous honorez ce qu'on nomme un libre-penseur, c'est-à-dire libre-viveur, l'Égoïsme personnifié, l'être qui ne croit, n'admire et n'aime que la matière.

Pourquoi ces honneurs décernés à la négation, tandis que vous flétrissez publiquement nos croyances ? Vous nous imposez le respect de vos fétiches : il n'est permis de toucher ni au dogme de la souveraineté du peuple, ni au suffrage universel, ni à l'arche sainte de la République, ni à vos traditions révolutionnaires, ni à vos hommes de carnage et de sang ! Nos dogmes, à nous, sont immuables : vos lois naissent, passent, disparaissent. Nous avons le passé, nous avons l'avenir : le présent même vous échappe... Comparez !

Veuillez donc nous faire le plaisir de vous occuper de vos affaires et nous laisser aux nôtres. Si le sacrilège vous plaît, commettez-le à huis-clos. S'il ne vous convient pas que, dans vos lycées, on communie, chassez-en les aumôniers et décrétez le lycée laïque. Mais souvenez-vous que la liberté nous appartient comme à vous et que nous avons le droit d'avoir des collèges où il n'est pas permis de cracher l'hostie. Les pères de familles choisiront entre le lycée où la liberté du sacrilège est protégée, et l'école où la seule liberté prônée est celle de bien faire. C'est vous qui créez l'antagonisme sur le terrain religieux en matière d'éducation.

Vous arriverez à couper la France en deux : d'un côté, ceux qui croient ; de l'autre côté, ceux qui ne croient pas. Et vous faites-là, messieurs les citoyens, de la bien belle besogne !

*
* *

Le fait qui motive cette lettre, Monsieur, vous a paru « de mince importance ». Il a, néanmoins, déterminé votre intervention, à vous qui êtes sinon mince, du moins important. Il a, plus que vous ne pensez, une signification

4.

grave. N'a-t-il pas été la cause d'une déclaration officielle, qui me permet de finir sur cette indéniable affirmation :

« La guerre religieuse est déclarée au sein de la société française, et le parti républicain en assume la responsabilité. »

Rappelez-vous ce mot brutal :

« Qui mange du pape en crève ! »

NOS FEMMES ET LES VÔTRES

A Madame E. A***.

Il y a des gens qui perdent volontiers les plus belles occasions de se taire et cette fâcheuse aventure advient fréquemment aux rhéteurs de l'aréopage qui nous gouverne, — ou du moins s'y évertue. Heureusement, les orateurs ne sont pas des hommes d'action : qui parle beaucoup ne travaille guère.

Mazarin, qui menait assez bien les affaires, en baragouinant son patois d'outre-monts, avait coutume de dire que la politique se résume en quatre mots : « Savoir attendre. Savoir agir. » De son temps, on ne faisait pas de discours, et l'art oratoire se réfugiait dans la chaire chrétienne. Aujourd'hui, on pérore. Aujourd'hui, on n'attend pas.

Tout le monde est pressé. Il faut être ministre au sortir de l'école, dût-on son portefeuille à des chansons. Bientôt on ne plantera plus de pommiers, crainte de ne pas faire la récolte des pommes. C'est fort bien ; mais qu'on médite cette parole :

L'avenir est aux silencieux !

*
* *

L'autre jour, grand émoi au Sénat. L'honorable M. Chesnelong traitait de l'éducation des filles, avec le calme et la gravité qu'un pareil sujet exige. Il disait de bonnes choses qu'on écoutait mal. Il n'est rien qui blesse plus que la vérité. Or, l'honorable M. Scheurer-Kestner, plus impétueux que le bouillant Achille, interrompit son collègue pour lancer à l'imprévu cette étourdissante exclamation : « Nos femmes valent bien les vôtres ! » —

Ce n'est pas vrai !

*
* *

L'imprudente sortie de l'honorable Monsieur Scheurer-Kestner ne vise d'aucune façon, — la chose est évidente, — les femmes qui sont nos mères, nos épouses, nos sœurs, nos filles. Elles ne sont point divisées par catégories, comme les femmes indoues par castes. Elles ont toutes droit à nos respects. Elles ont le privilège de demeurer étrangères à nos luttes. Elles vivent loin de nos agitations, dans la calme sérénité du foyer et dans les jouissances de l'auguste labeur domestique. Nul n'oserait les attaquer ; nul n'oserait distinguer entre elles celle dont le mari vote pour la loi Ferry, celle dont le mari vote contre l'article 7. Elles ont, toutes, l'esprit de ne se point mêler aux mesquines discussions de nos burgraves.

Assurément, ce n'est point de ces femmes que le sénateur, — jaloux des lauriers que M. Legouvé devait à son père et dont il vient de ceindre, — à Nancy, — nos vainqueurs entendait prendre la défense. Il sait bien qu'il n'a point le droit d'en parler ; que de semblables comparaisons sont interdites par les convenances ; que le silence est le plus profond hommage que puisse recevoir une honnête femme ; et qu'enfin, même en République, il n'est point permis de faire irruption dans le foyer familial.

La distinction que prétend établir Monsieur Scheurer-Kestner est tout autre. Il a voulu dire que les femmes républicaines, les femmes qui pensent librement, les femmes émancipées qui mènent si grand tapage par leurs écrits et leurs discours, valent bien nos femmes, c'est-à-dire les femmes catholiques, les femmes élevées selon nos vieilles traditions, les femmes qui laissent la politique, la vie pu-

blique et le tapage aux autres. Et c'est pourquoi j'ai
l'avantage de répondre à Monsieur Scheurer Kestner : Ce
n'est pas vrai !

*
* *

J'avouerai tout d'abord que le rôle de la femme est, à
mes yeux, tout entier déterminé par les paroles de Rachel
à Sara, lorsque celle-ci épousa Tobie. Il lui recommanda
simplement de régir la famille et de gouverner la maison.
Regere familiam et gubernare domum. Et c'est là cette
femme que l'Écriture-Sainte appelle la femme forte, et
dont elle dit :

« Elle est plus précieuse que les perles qui viennent
« des extrêmités du monde. Le cœur de son mari
« met sa confiance en elle, et il n'aura pas besoin de
« richesses étrangères. Elle lui rendra le bien et non le
« mal tous les jours de sa vie. »

Cependant, par exception, la femme peut échapper à
cette austère existence du foyer, lorsqu'elle reçoit de Dieu
ces dons et ces aptitudes qu'il se plaît à répandre parfois
sur les faibles, Elle devient alors, soit une héroïne comme
Jeanne Hachette, soit une messagère providentielle, comme
Jeanne d'Arc. Elle n'est plus, alors, la fleur cachée, la vio-
lette dont le parfum suave s'exhale sous l'herbe : elle est

la rose aux couleurs éclatantes, que tous les regards admirent, mais que les ardents rayons du soleil fanent à peine éclose.

Renoncer aux joies saintes du mariage, aux bonheurs ineffables de la maternité, abdiquer sa beauté, quitter à jamais le monde, se vouer obscurément aux sacrifices de chaque jour, de chaque instant, c'est un genre d'héroïsme que les plus insensibles ne peuvent s'empêcher d'admirer, et ce sont les femmes catholiques, — n'en déplaise à monsieur Scheurer-Kestner, — qui en donnent les plus nombreux exemples.

Tant que la République n'aura pas inventé les *Sœurs de charité laïques*, elle ne pourra pas affirmer que *ses* femmes valent les nôtres.

Et c'est de quoi je vais donner la preuve.

*
* *

Il n'y a rien de plus difficile à se procurer que les documents officiels et les statistiques. Les fonctionnaires ne sont pas les plus aimables hommes du monde. S'ils sont républicains, ils ont toujours peur de faire plaisir à un réactionnaire. S'ils ne sont pas républicains, ils enragent d'être aux gages de la République. Si bien qu'ils sont rogues et défiants à l'égard des curieux qui leur viennent demander un service. — Et voilà pourquoi, Madame, vous ne trouverez pas de chiffres dans ce chapitre, où j'en voulais mettre beaucoup, — et même trop.

A quoi bon, d'ailleurs, énumérer ici toutes les œuvres entreprises et dirigées par les femmes de la France catholique? Faire le compte des hospices, des hôpitaux, des orphelinats, des ouvroirs, des salles d'asile, des crèches, des écoles, où nos religieuses soignent les malades, élèvent les orphelins, instruisent les fillettes, prodiguent leurs soins aux petits enfants ? Ce serait faire l'histoire de la Charité. Quelle tâche !

A Paris, les communautés religieuses desservent tous les hôpitaux, excepté la Maternité, le Midi et les Cliniques : les Augustines ont l'Hôtel-Dieu, la Charité, Saint-Louis et Lariboisière ; les sœurs de Sainte-Marthe, Saint-Antoine, la Pitié et Beaujon ; les filles de Saint-Vincent de-Paul, Necker et Sainte-Eugénie ; les religieuses de la Compassion, Lourcine ; les sœurs de Sainte-Marie, Cochin ; les dames de Saint-Thomas de Villeneuve, les enfants malades. Leur nombre est d'environ *trois cents*.

Ajoutez les sœurs de l'Espérance, qui veillent au chevet de nos malades; les religieuses vouées à ramener au bien les filles repenties ; les sœurs de Marie-Joseph, employées à Saint-Lazare ; les petites-sœurs des pauvres, assujetties au service des vieillards abandonnés. Elles sont comme cela *cinq mille*, consacrant leur vie entière au soulagement de toutes les misères humaines.

**

Eh bien ! que Monsieur Scheurer-Kestner me découvre à Paris *cinq mille* jeunes filles prêtes à soulager les malheureux ; prêtes à soigner les lépreux ; les varioleux, les cholériques, les galeux, les pestiférés, les   , les bâtards abandonnés par leurs joyeuses mères ; *cinq mille* jeunes filles qui, pour obtenir la faveur de remplir une telle mission, apportent une dot à communauté ; qui, duchesses, marquises, bourgeoises, ouvrières, dissimulent sous un nom de fantaisie le nom glorieux qu'elles avaient ; qui reçoivent pour traitement, la moitié de ce qu'une *cocotte* donne de gages à sa cameriste...

Et quand le sémillant sénateur aura trouvé *cinq mille* personnes disposées à faire ce métier-là — pour parler à la Zola, — je le tiendrai quitte des *quatre-vingt mille femmes semblables* qu'il lui faudrait enrégimenter pour nos départements, et je déclarerai qu'il a le droit de dire que « se femmes valent les nôtres. »

5

*
* *

Ce n'est pas d'aujourd'hui que nos femmes exercent la mission merveilleuse de charité qui est leur gloire. Elles ont toujours pratiqué la maxime admirable de saint Vincent-de-Paul : « La charité doit ouvrir les bras, et fermer les yeux. » Mais elles savent aussi que le bien est difficile à faire !

Voyez nos sœurs sur les champs de batailles !... Rappelez-vous leur héroïsme durant le siège de Paris, pendant la rude campagne de 1870. Combien sont mortes à l'ennemi ! Combien de nos blessés.leur ont dû la vie !...

L'ingratitude est l'indépendance du cœur, a dit Nestor Roqueplan. Si l'on écoutait les bavardages ridicules de Monsieur Scheurer-Kestner, l'ingratitude serait la vertu républicaine par excellence !

Nos soldats n'ont pas oublié ce qu'ils doivent aux courageuses filles qui venaient ramasser les blessés sous la pluie des balles et des obus, qui les suivaient dans la captivité, après avoir partagé leurs dangers ; qui se faisaient leurs mères et leurs sœurs, pour adoucir leurs souffrances, et leur rappelaient la patrie absente, au fond des casemates prussiennes.

J'aurais voulu associer à ce modeste plaidoyer le souvenir de l'une de ces vaillantes guerrières du Christ, dont la bravoure n'attend aucune récompense en ce monde, et qui sont les glorieuses filles de cette France qui dut son salu à la sainte Lorraine. Il en est qui, tout comme le soldat qui donne le plus pur de son sang pour défendre le sol envahi, ont mérité de porter cette croix d'honneur, qui brilla naguère sur la poitrine de la pauvre Rosalie Rendu, fille de Vincent de Paul. Il y a sept ou huit femmes qui sont présentement décorées de ce ruban rouge, dont la couleur signifie, comme la pourpre des cardinaux, qu'on est prêt à répandre jusqu'à la dernière goutte de son sang pour le pays natal.

Mais Rosa Bonheur et mademoiselle Juliette Dodu sont les seules chevalières laïques. Les autres sont de braves et dignes filles, qui, sous la bure franciscaine, ou sous la blanche cornette aux vastes ailes, ont donné sans marchander toutes les secondes de leur existence au bien de l'humanité, sans espoir de récompense, sans ambition ni vanité, confondues qu'elles sont dans la foule de leurs pareilles, et voilées d'un nom que Dieu seul connaîtra pour les payer un jour de tant d'abnégation.

* *

Aux côtés de ces fleurs du cloître, nous avons aussi d'autres femmes : elles exercent un ministère de charité ; elles écrivent des livres admirables ; elles sont des artistes, et se nomment Swetchine, de Maistre, Potocka ; elles dépensent noblement leurs jours au soulagement des infortunes, au culte des grandes idées. Elles sont l'âme et le cœur de notre société, qui sans elles s'émietterait.

Les une sont tout en haut de l'échelle sociale, et les autres en occupent les derniers échelons. Riches ou pauvres, grandes dames ou modestes ménagères, elles ont été nourries toutes au même sein, et se sont abreuvées aux mêmes sources.

L'Eglise nous les a données, égales par les sentiments, pieuses, charitables, dévouées, ayant une même foi ; elles sont les anges de nos demeures, le lien infrangible de nos familles. Le plus hardi n'oserait les regarder en face. Le plus insolent tremblerait d'en parler autrement qu'avec une déférence infinie. Celles-là, oui, sont *nos* femmes ; — et si Monsieur Scheurer-Kestner fait une différence entre elles et *ses* femmes, c'est qu'il est humblement décidé à reconnaître que les *siennes* ne sont pas les *nôtres*.

* *
*

Les siennes ?.... J'ai beau regarder dans le passé, dans le présent et dans l'avenir. Dans le passé, en face de Radegonde, de Clotilde, de Blanche de Castille, de Jeanne d'Arc, de Jeanne Hachette, — pour ne citer que ces noms ! — je n'aperçois que Mme Roland, Théroigne de Méricourt, les *tricoteuses*. Dans le présent, je contemple l'auréole enflammée de la citoyenne Louise Michel et des pétroleuses. Je vois d'anciennes prostituées devenues millionnaires ; des bas-bleus vouées à la confection des feuilletons ignobles qui tapissent le rez-de-chaussée des *Marseillaise* et des *Père Duchêne* ; des cabotines, jalouses du laurier-sauce de Coquelin, qui fut un grand *tartiste* ; des intrigantes qui fabriquent des sous-préfets, et *dégomment* des magistrats ; des fauvettes dont le souvenir enchante certains ministre ; des courtisanes dont le budget des fonds secrets paie le luxe.

Les Notre-Dame de Thermidor et les abbesses de la Guillotine sont en petit nombre, — et j'en suis bien aise. Mais je défie Monsieur Scheurer-Kestner de revendiquer ces ogresses pour les femmes dont la République s'enorgueillit.

C'est un idéal que le sénateur a voulu exalter : un idéal du pays des chimères. Les femmes françaises, TOUTES, sont des épouses vaillantes, des mères honnêtes. Et celles qui se déclassent, celles qui se déshabillent dans leurs livres, celles qui font enfouir leurs enfants civilement, celles qui prêchent le divorce, celles qui pratiquent l'union libre, celles qui chantent sous les lambris des ministères, celles qui caquètent sur l'émancipation de leur sexe, celles qui brandissent le drapeau rouge et débouchent la fiole à pétrole, celles qui ont bu toute honte, enfin ! ne sont assurément pas *nos* femmes !

Et si elles sont celles de Monsieur Scheurer-Kestner, — c'est tant pis pour lui !

AU PAYS DE BOHÊME

A Monsieur SANS-ÉTOILE, député,

L'un des 363.

Notre ancien condisciple Octave, chaque fois que je le rencontre, ne manque jamais de m'interroger à votre endroit, mon cher camarade, et c'est toujours avec cet accent narquois et cette ironie malicieuse que vous lui connaissez. Il manifeste un tel étonnement de vous voir député, que je m'en sens, pour ainsi dire, offensé. Alors je suis obligé de lui conter par le menu que, pour vous venger des échecs trop nombreux que vous avez subis, vous avez pris le meilleur moyen : celui de conquérir un de ces postes que le suffrage universel baille au premier venu.

*
* *

Votre histoire, mon camarade, ne laisse pas que d'être
très-piquante, et je la veux conter, pour le plus grand
esbaudissement des braves gens qui eurent, comme moi, la
maladie de l'enthousiasme, dont vous et vos pareils, — les
plus fameux et les plus mal famés, disait Junius, — êtes
parvenus à nous guérir.

Vous n'êtes pas né sur les marches d'un trône. Vos parents, pauvres au début de leur carrière, se firent très-vite
une fortune, et l'on n'a jamais dit qu'ils ne fussent pas
honnêtes. Il est fort heureux cependant que l'argent n'ait
pas d'odeur : le vôtre sentirait l'écurie, — et vous n'ose-
riez plus faire claquer votre fouet !

Votre enfance eut des jeux modestes : vous remplissiez,
sur la grand'route, des paniers fort grands de ces pré-
cieuses matières, si utiles à l'agriculture ; vous conduisiez
des moutons paître le long des chemins, et la houlette
pastorale pesait moins à votre main que la frêle plume d'où
vous faites couler aujourd'hui tant de fautes d'orthographe.

O passe-temps de l'âge tendre !... O ricochets de cailloux sur la surface du torrent !... O promenades solitaires

à travers broussailles et prairies, que l'exilé de Versailles vous regrette maintenant !

Le collége dut vous plaire : le paon fait la roue volontiers au milieu des dindons. Vous aviez brillant plumage et ramage indiscret ! Quel oiseau effronté ! On s'en vengeait en vous affublant de sobriquets ridicules. Mais que vous importait ? Vous n'aviez jamais regret d'abuser de votre force et quand on vous serrait de trop près, vous manœuvriez du poing, frappant à tort et à travers, et tant pis si l'innocent emboursait les horions destinés au coupable ! Il va sans dire que vous aviez grand dédain de la grammaire de Lhomond et du *De Viris*.

Oncques ne vit-on le frais laurier ceindre de sa couronne vos cheveux plats, et le plus cancre des cancres vous dépassait de hauteur d'homme. Écolier paresseux, intelligence bornée, vous arrivâtes au bout des « classes », grâce aux écus de papa, et sept ou huit fois vous comparûtes sans le moindre succès devant le docte aréopage qui distribue les diplômes de bachelier.

*
* *

Nanti, de par une louable persévérance, du carré de parchemin qui ouvre tant de portes, vous devîntes un fervent disciple de dame Thémis. Vous apprenez un lambeau des *Pandectes*, vous arrachez quelques brides de Cujas, entre une partie de *rhams* à la prochaine brasserie, et quelque rapide excursion sur les frontières de Paphos. Vous écornez, à ces joyeux déduits, quelques-uns des lopins de terre paternels. Vous arrivez enfin, après mainte péripétie, — où la grisette joue un plus grand rôle que de raison, — à endosser la toge et à coiffer la toque de l'avocat.

Dites-moi ? Qui n'est pas avocat, en ce temps-ci ou qui ne devrait l'être ? L'avocat n'est plus le *vir bonus, dicendi peritus*, dont parle l'orateur romain. L'avocat ne défend la veuve et l'orphelin que lorsqu'il n'a rien de mieux à faire, mais il prend volontiers, dit-on, les *intérêts* de l'une... et le capital de l'autre.

Profession des plus honorables, que la politique a fait dévier et décrier, depuis qu'un titre abondamment prodigué a rempli de fruits secs nos ministères, et de solliciteurs leurs antichambres.

Vous revîntes avocat. Je vous vois encore, pimpant et musqué, frétillant et pomponné, hardi plus qu'un demi-cent de pages, discourant de tout et ne sachant rien, — hantant les tavernes et autres lieux de « fraîche beuverie », courtisant les Gothons d'auberge, maniant des cartes

graisseuses, enragé de plaisir, cité pour un « veinard »,
et vous prélassant, comme Timour-Leng, vainqueur des
peuples, — et durement raillé par vos égaux, qui n'avaient
point confiance en votre cervelle étroite.

Ce que vos clients vous donnaient d'argent pour vos
plaidoiries n'eût pas suffi, assurément, à payer vos allu-
mettes. Il vous en vint, cependant, un de trop : celui ou
celle qui vous fit mériter, un beau jour, je ne sais quelle
peine disciplinaire, de quoi il fut beaucoup glosé. Il faut
que jeunesse se passe. On vous permit de jeter votre
gourme. Seulement, quand il vous prit fantaisie de réfu-
gier votre fainéantise dans une charge de mince procureur
ou d'avoué s'il vous plaît, — encore qu'il soit reconnu que
les avoués sont de la nature du lierre, qui prend partout,
— on vous refusa l'investiture, ne vous estimant point suffisamment éclairé. Les caquetages aggravèrent la sentence,
et j'ai puissante idée de ce que vous dûtes souffrir, mon
camarade, — vous qui, entre toutes les formes de l'orgueil, vous n'avez point choisi la modestie.

Pour le coup, c'en était trop ! Écolier, ne gagner que
des pensums : bachelier par aventure, ne s'élever que jusqu'au médiocre ; étudiant, ne séduire que des nymphes
bocagères ; avocat, plaider gratis ; jeune homme élégant
et riche, n'exercer de ravages que parmi les servantes, et

finalement échouer au seuil d'une « étude » bourrée de paperasses moisies ! Ce fut le comble de l'humiliation, — et de ce jour-là datèrent vos grandeurs.

La guerre éclate ; vous gagnez un grade dans la garde nationale sédentaire ; le scrutin a lieu sur un billard, au café, et je me souviens même que je votai pour vous. Bonapartiste enthousiaste, recevant les préfets du régime déchu dans votre grande maison, — où les poules viennent picorer sur les sophas du salon, — vous devenez républicain à l'eau de rose, puis fanatique partisan de l'ordre moral.

On prépare les élections pour le conseil général ; vous endoctrinez les curés, vous prêchez les vicaires, vous allez à la messe ; vous êtes le candidat clérical ; vous n'épargnez ni les serments, ni les promesses. On vous élit. *Psst!* Vous tournez casaque avec désinvolture, et vous ralliez à la majorité, qui n'aime pas la « prêtraille ». Catholique pratiquant, hier, vous voilà, demain, libre-penseur acharné. Et vous ne saluez plus les porte-soutane qui ont eu la naïveté de se fier à vos discours.

* * *

Le premier échelon franchi, tout vous devient facile. Je ne sais qui a dit : « L'honneur, c'est tout ce qui n'est pas l'argent. » Vous n'avez pas d'honneur à perdre, mais vous semez l'argent sans compter. Vous ouvrez un crédit à tous les ivrognes, dans tous les cabarets ; vous promettez monts et merveilles : aux gens de Fouilly qu'on les enrichira des dépouilles de Pontarcy ; aux gens de Pontarcy, qu'on ruinera Fouilly pour les enrichir ; vous courez les villages; vous débitez vos boniments avec un applomb imperturbable ; vous êtes clérical avec le curé. belliqueux avec les gendarmes, pacifique avec les paysans, libre-penseur avec le cabaretier, pédagogue avec le maître d'école : vous supprimez les impôts, vous canalisez les torrents, vous établissez des railways, vous bâtissez des ponts ; vous ornez des églises ; vous éteignez la mendicité ; — le tout, bien entendu — en paroles seulement. Les femmes sont subjuguées, les hommes sont fascinés, votre concurrent — le maladroit ! — est vilipendé, calomnié, traîné dans la boue, et tout à coup, un beau matin, on apprend que vous êtes élu député à une majorité de deux ou trois cents voix.

Ça vous a coûté la moitié d'un domaine, mais vous attraperez, dans la curée, quelque grasse sinécure, et qui ne risque rien n'a rien, n'est-ce pas ?

Et vous voilà vengé de toutes vos défaites ! Mais nous payons les pots cassés, comme dirait madame votre mère, si experte en l'art délicat de bien tourner une phrase, et qui tint de si jolis propos sur un grand évêque lors de vos mésaventures du 16 mai.

* * *

Donc vous êtes député, mon camarade, et ce n'est point à notre gloire. L'apprenti basochien est devenu législateur, le dandy de province est un gommeux du boulevard... extérieur, le séminariste est libre-penseur, le clérical du temps jadis est un féroce radical, et ce qu'il y a de plus drôle, c'est qu'au fond, de toutes les calembredaines que vous hâblez vous ne croyez pas un mot, et que vous méprisez le parti dont vous êtes l'un des représentants. Votre démocratie est mauvais teint, et la seule chose qui soit sincère en toute votre personne morale, c'est votre sottise, que nul ne conteste, — surtout vos électeurs.

Macbeth, vous serez ministre !... et peut-être ambassadeur. Vous irez apprendre l'*écarté* à l'empereur des Zoulous, et vous réformerez la magistrature, qui met un zèle exagéré à défendre l'accès des études d'avoué aux gais compagnons trop fréquemment surpris à « *coupeauniser* ès-tavernes », et à « déambuler par les compites de l'urbe, en dodelinant de la tête, et en barytonant du... », ajouterait feu Rabelais, abstracteur de quintessence.

*
* *

Oui, Monsieur le député, vous serez ministre, et c'est nous qui l'aurons voulu, car vous ne valez ni plus ni moins que tant d'autres, et nous avons abandonné aux mains de la bohême les destinées de notre France.

Votre histoire est celle de tout le monde qui vous entoure : les déclassés, les dévoyés, les avocats sans causes, les médecins sans malades, les journalistes sans journaux, les incapables et les incompris, les aventuriers et les habiles, — c'est la cour du Peuple-Souverain.

Vous y brillez d'un vif éclat, Monsieur. Digne émule des muets du sérail, vous ne prononcez pas un mot : vous votez à l'instar de vos chefs de file, et vous qui n'avez jamais admis d'autre discipline que votre caprice, vous êtes un des meilleurs disciplinés de cette majorité dont vous parliez d'un ton si goguenard quand elle était minorité.

*
* *

Nous sommes donc, merci à vous et aux vôtres, en plein pays de bohême, et si vous me le permettez — voire ne le permettriez-vous pas ! — nous allons y voyager de compagnie, et notre voyage sera plus gai encore que celui de *Monsieur Perruchot,* qui emplit l'Odéon. Nous rirons bien, — de vous et des autres, — et quand il y aura des anecdotes trop risquées à narrer, je vous passerai la plume, me bornant à veiller à l'orthographe, avec laquelle vous avez, je le sais, de graves difficultés. A bientôt !...

LA CLEF DES CHAMPS

Au député SANS-ÉTOILES,

Un des 363.

J'étais hier à l'Opéra, mon cher camarade, et j'étouffais dans mon fauteuil, tandis que mesdemoiselles Fonta, Fatou et Montaubry, — chères à quelques-uns de nos législateurs, — pirouettaient sur la scène, en présence des ravissantes cantatrices que Marseille vient d'envoyer à Paris, — qui finira par devenir un petit Marseille, quand la Chambre y sera installée et qu'on verra les portefaix de la chose publique se prélasser · sur le Boulevard.

On donnait les *Huguenots*, auxquels je n'entendis rien, je l'avoue en toute humilité ; mais j'admirais fort le magnifique monument doré des pieds à la tête, qui nous coûte un peu plus d'argent que les soixante-dix évêques auxquels vous venez de rogner un tiers de leur maigre traitement, — et je faisais *in petto* une petite comparaison entre les mérites d'une danseuse qu'on paye trois fois plus qu'un archevêque, et le mérite d'un député qui ferait le bonheur d'un arrondissement avec la somme dépensée en violons pour amuser quelques Parisiens blasés.

Mais de ceci nous irions trop en avant, si j'ouvrais la porte à ma vagabonde pensée, et nous passerons sur-le-champ, — comme des acrobates que nous pourrions être, — à d'autres exercices.

*
* *

J'ai pensé à vous en voyant les *Huguenots*. D'abord, parce que cet opéra, trop savant pour mon faible entendement, m'a rappelé des luttes passées, dont vous pouvez avoir quelque souvenir, encore que l'histoire de France du bonhomme Chantrel — qui vous valut tant de pensums, — n'ait pas laissé grande trace en ce qui vous reste de cervelle. Et je me disais qu'aujourd'hui c'est absolument la même chose, à ceci près que c'est absolument le contraire. Les huguenots persécutent les catholiques ; et si les moines ne bénissent plus les poignards, des gens en capuchons mettent le pétrole en bouteille. Vous qui avez donné votre vote *conservateur* à l'article 7 du nommé Ferry, vous eussiez dû faire observer que puisqu'on chasse les congrégations religieuses, il serait séant de chasser les congrégations laïques. Vous n'en avez cure. Où donc, alors, iriez-vous boire bouteille ?

Ce qui me faisait, ensuite, penser à vous, mon camarade, en écoutant l'étonnante poésie de feu Scribe, dont il m'arrivait quelques bribes à travers les mugissements de l'orchestre, c'était l'amour que vous avez, je le sais, de la musique. Non point que vous sachiez, mieux que moi, distinguer un *andante* d'une *cavatine,* ou même un simple *ré* d'un *la bémol.* Votre voix est aussi fausse que vos présentes convictions, et le seul tambour que vous ayiez appris à faire résonner était tendu de peau humaine, à l'instar de celui qu'on fit avec la peau de cet infortuné Jean Zyska du Calice, — un des 363 de son temps.

Mais ce que vous adorez dans la musique, ce sont les électeurs qu'elle vous fournit. Le trombonne vous adore, le fifre vous chérit, la clarinette vous vénère, la trompette et le piston guident les votes, et la grosse caisse même, quand ses devoirs professionnels le lui permettent, affiche vos proclamations.

*
* *

Que si vous êtes élu, à la désagréable surprise de vos
concitoyens, plus étonnés que vous-même de votre outre-
cuidante élévation, — la musique accourt vous donner des
aubades, vous couronner de fleurs, et vous en voilà quitte
pour un tonneau de vin blanc ou cent cruches de bière, ce
qui est acquérir à bon marché cette gloire *meretrice* qu'on
nomme la popularité.

*
* *

Puisqu'aussi bien tout le monde est en vacances à l'heure
présente, excepté vous et moi ; — vous qui piochez l'électeur, au lieu de parader sur votre banquette : moi qui
noircis du papier au lieu de flâner sous les arbres et dans
les roches, comme il me plairait ;—puisque Monsieur Gambetta est quelque part, où il va souvent, paraît-il ; que nos
ministres ont déserté leurs palais, accordant quelque répit
aux jambes de nos danseuses, au larynx de Coquelin cadet,
à la modestie de Sarah Bernhardt, à tous les amuseurs qui
les viennent parfois distraire de leurs préoccupations ar-
dues; puisque Monsieur Jules Simon ne fait pas de discours,
que Monsieur Jules Ferry se tait ; que les autres Jules ne

disent rien ; que la politique chôme ; puisque les héca-
tombes de la magistrature se ralentissent, et que *Triboulet*
n'a pas de procès cette semaine, au désespoir du sphinx de
Monsieur Ferry et de la pipe de Monsieur Lepère ; — le
moment n'est-il pas venu de faire cette petite excursion au
pays de Bohême que je vous proposais naguère, et qui
nous amusera tous les deux : moi, parce que je rirai à
gorge déployée ; vous, parce que votre bon cœur vous
invitera à rire de me voir rire si franchement ?

*
* *

Ne serez-vous pas charmé, d'ailleurs, qu'on se moque un
peu des autres, de vos amis et de vos voisins, sans que vous
en attrapiez quelque éclaboussure ? Il y a si peu de temps
que vous êtes perverti aux institutions remarquables qui
ont rendu à la France l'éclat de sa grandeur d'autrefois !
Vous êtes un républicain tout frais encore barbouillé du
lait de Marianne, et vous maltraitiez fort le radicalisme
avant que d'en être payé. Vous aurez l'illusion de ressem-
bler au Sans-Etoile d'hier, si proche parent du reste du
Sans-Etoile d'aujourd'hui, que les naifs coupables d'avoir
fait l'un ne regrettent certes pas de vous voir devenu l'autre.
Vous appelez parfois les prêtres des *paysans trempés dans*

l'encre. Vous êtes député grâce au vin dans lequel vous trempâtes.

*
* *

Vous voilà donc revenu au bercail, dirai-je, si l'on vous pouvait, sans irrévérence, comparer à un blanc mouton. Le chemin de fer vous a transporté — César et sa fortune ! — de Paris aux régions lointaines dont vous êtes devenu le soleil. Mais comment vous y a-t-on reçu ? J'en suis tout inquiet ! Vous est-on venu quérir en gala ? La musique vous a-t-elle sérénadé ? Les pompiers vous ont-ils présenté les armes ? Avez-vous parcouru processionnellement les rues, flanqué à droite du maire à la voix tonitruante, à gauche de l'adjoint à la triomphale bédaine, précédé du valet de ville qui ôte sa casquette à tous les régimes, suivi du municipe où brillent le citoyen Broum-Broum, qui roule sa canne, l'homme au grand sabre, ami approxima- tif de Garibaldi, et la demi-douzaine d'étrangers auxquels notre patriotique cité a confié ses destinées, estimant qu'aucun de ses fils ne méritait ce mandat dont elle se montrait plus jalouse au temps jadis ?

Avez vous banqueté sous les noisetiers, péroré sur la place, dansé *sur* ou *sous* la fougère, déployé vos talents et vos grâces, octroyé aux dames votre jolie main à baiser ?

La renommée ne me l'a point appris, et j'ai grand'peur que vous ne soyiez revenu au logis Gros-Jean comme devant. C'est qu'on se dégrise rapidement chez nous !

*
* *

Il s'agissait de rendre ses comptes. Quand vous fûtes élu député, — ni vous, ni moi, ni personne, n'a jamais pu bien savoir pourquoi, — vous aviez promis monts et merveilles. Je me souviens qu'on était ébloui de tout ce que vous deviez faire, et nul empereur n'eût été plus généreux que vous. Il n'était pas jusqu'aux rectifications de frontière que vous ne vous chargeassiez d'obtenir par vos toute-puissantes manœuvres.

Les curés voyaient déjà leurs églises reconstruites, leurs clochers bourrés de cloches neuves ; les maîtres d'écoles, leurs taudis transformés en logements salubres ; les cultivateurs, leurs impôts diminués ; les soldats, leur temps de caserne agréablement entrecoupé de congés de semestre; les négociants, le commerce rétabli ; les chasseurs, le gibier décuplé ; les pêcheurs à la ligne, les torrents encombrés de ces truites que vous appréciez si finement. L'ère de prospérité s'ouvrait. Plus de pauvres, plus de tracasseries, plus de craintes. Le moindre village s'enrichissait. Et la musique même, sous votre égide miraculeuse, promettait de ne plus exhaler la moindre fausse note.

A quel piètre résultat ont abouti ces mirifiques promesses? Ni plus ni moins que vos trois cent soixante-deux collègues, vous avez joué de l'hyperbole, et vous avez consciencieusement signé, chaque mois, votre quittance au budget. Vous avez dégommé quelques juges de paix, révoqué quelques pauvres cantonniers, déplacé quelques fonctionnaires obscurs. Vous avez placé au mieux une douzaine de vos complices, attelés à cette répugnante besogne de la curée des places. Et que ceux qui ne sont pas contents, direz-vous maintenant en votre élégant langage, prennent des cartes pour jouer au piquet !

C'est fort bien ! Mais les électeurs ? Ah ! les électeurs ont appris que, pour consolider la vertueuse République de M. Le Royer, la République athénienne de M. Gambetta, la République austère de M. Lepère et de sa pipe, toutes républiques se ressemblant à miracle et douées de plus de vertus qu'il ne faudrait à demi-cent de monarchies, vous aurez en ce jour glorieux voté les lois Ferry, y compris l'article 7, ce monument de libéralisme républicain et de science politique.

* *

Et c'est énorme. Ce vote, à lui seul, vaut les dix mille francs que vous avez palpés, Il vaut davantage, à coup sûr; car vous auriez pu le vendre plus cher et c'est, en vérité, mettre sa conscience à bien bon marché !...

Ne vous a-t-il pas fallu, pour voter cet article 7 et les lois qu'il frappe d'un sceau de réprobation, mentir à vous-mêmes, mentir à vos traditions de famille, mentir à votre éducation, mentir à votre caractère, mentir à votre passé, mentir à votre avenir ?

Vous aviez promis de respecter la religion et l'Église : — vous déchaînez la persécution religieuse ; — vous avez été élevé par des prêtres, qui sont restés vos amis : —vous êtes ingrats envers vos maîtres : — vous n'êtes point libre-penseur, ni même incrédule ; — vous alliez à la messse vous y allez peut-être encore ; — vous prenez de l'eau bénité d'une main, et de l'autre souillez le bénitier ; — vous avez été catholique ; vous faites le fanfaron de scepticisme; enfin vous ne mourrez pas sans-confession, et vous seriez désolé qu'on vous enterrât civilement.

6

*
* *

Et cela ne vous a pas empêché de commettre un acte qui est à la fois un crime, une faute et une sottise. Un crime, parce que c'est une trahison et un mensonge. Une faute, parce que vous n'y aviez aucun intérêt. Une sottise, parce que si vous l'avez commise de propos délibéré, vous seriez incapable d'expliquer à quel mobile vous avez obéi.

Le succès vous grise, mon garçon.

Vous atteignez le faîte des honneurs, et vous ne songez point, planant parmi les oies du Capitole, que la roche Tarpéienne est tout à côté, — et que vous serez plumé !

Vous allez, corneille qui abat des noix, au hasard, voletant de ci de là, loué par les uns, blâmé par les autres, et vous oubliez que, si l'on veut rire de tout, à l'instar de Figaro, il faut ne se point exposer à être obligé de pleurer.

*
* *

Je doute, en conséquence, que vos vacances vous soient très-profitables. Vos anciens protecteurs vous dédaignent ; vos anciens amis vous redoutent ; vos amis nouveaux sont plus méchants : ils vous jugent.

Vous ne referez pas le discours de Romans. Vous « potinerez » dans les tavernes ; vous plaiderez les circonstances atténuantes. Vous étalerez les affiquets de votre vanité. Musique et pompiers vous feront cortège. Vous donnerez tant de poignées de main, qu'il vous faudra un baquet d'eau sulfureuse, le soir, pour vous écurer les doigts.

Mais rien n'y fera, croyez-moi. Vous reviendrez au Palais-Bourbon et chercherez d'un regard mélancolique les ombres de vos prédécesseurs, qui, du moins, avaient le mérite d'être sincères.

Puis, le jour où la vile multitude envahira l'enceinte parlementaire, vous aurez grand'peur. Et quand on aura prié vos collègues et vous de déguerpir, — au nom du peuple français dont vous êtes une molécule, — vous errerez tristement de par le monde, et méditerez sur les inconvénients de l'ambition servie par la médiocrité.

De tricolore devenu rouge, de rouge vous deviendrez jaune, et vous vous direz qu'à tant faire que d'aborder une cocarde, il vaut mieux ne l'avoir que d'une seule couleur.

Sur quoi je vous invite à faire avec moi le tour du pays de Bohême, et nous voyagerons en chemin de fer ; car, vous le savez, aujourd'hui on ne réussit pas avec les diligences !

LA PAIX SOCIALE

Au député SANS-ÉTOILE,

Un deS 363.

« Je reconnais volontiers que tous les républicains ne sont pas des voleurs, disait le marquis de la Rochejaquelein, mais qui oserait affirmer que tous les voleurs ne sont pas républicains ? »

Cette parole cruelle est profondément vraie. Tous les déclassés, tous les dévoyés se targuent d'opinions radicales, et vous, mon camarade, à qui le suffrage universel fait des loisirs, vous devriez entreprendre cette statistique intéressante, qui vous éclairerait peut-être sur la valeur des convictions pour lesquelles vous êtes prêt à sacrifier la vie, la fortune et la liberté d'autrui.

Si la République est le gouvernement qui nous divise le

6.

moins ; si la République ouvre une ère de paix et de prospérité ; si la République est destinée à finir dans le sang
ou dans l'imbécillité, — comme l'assurait l'homme appelé
sinistre vieillard par les républicains, et qui appelait, à son
tour, Monsieur Léon Gambetta un *fou furieux*, — peu méchant, pour aujourd'hui, — je veux simplement constater
que, sous la République, on assassine beaucoup ; et ce
n'est pas là un indice bien probatif de cette paix sociale
qu'on nous donnait pour certaine, autrefois, quand on
promettait le retour de l'âge d'or.

Le seul retour que nous ayons est celui de Messieurs les
déportés. Or, par une fâcheuse aventure, à peine ont-ils
pieusement baisé le sol sacré de la patrie, qu'on est obligé
d'en fourrer plusieurs en prison, — en vertu de quoi le bourgeois, — cette bête solennelle ! — commence à réfléchir.

*
* *

Paris sent le renfermé, clamait naguère M. Louis
Veuillot.

Paris que de sang! Une épidémie de crimes ravage cette
noble et grande ville, celle peut-être où il se fait le plus de
mal, assurément celle où il se fait le plus de bien. Moi,
j'aime Paris et les Parisiens : l'un et les autres valent mieux
que leur réputation.

Mais le diable y fait enrager Monsieur le préfet de police, et ceux qui ne croient pas au diable applaudissent,
parce qu'il est toujours amusant de voir un préfet de police qui ne sait plus à quel diable se vouer !

Nous logeons pour l'heure, trois contagions redoutables :
le Crime, le Suicide et le Duel.

On est pris de la frénésie de tuer quelqu'un ou soi-même.
Le sang attire : il coule, il fume, on le regarde. Chaque
matin, on déploie son journal en se disant :

« Combien en a-t-on égorgé hier ? »

On court aux faits divers : un — deux — quatre — dix !
Meurtre, assassinat, parricide, empoisonnement, infanticide,
tel est le menu. Revolver, épée, couteau, marteau, hache,
massue, l'humaine fraternité se divertit à ces joujoux.

Bref, en lisant paisiblement son journal, on fait un cours
complet d'instruction criminelle.

*
* *

Et ce ne sont point de ces crimes vulgaires qui ensan-
glantent l'humanité d'âge en âge, depuis le jour où Caïn
frappa son frère. Ce sont les crimes raffinés que la civilisation enfante ; les crimes excessifs que l'intelligence dé-
pravée combine avec art ; les crimes illogiques, j'allais dire
les crimes inutiles.

Et par un phénomène bizarre, en même temps que les circonstances du crime se transforment, s'aggravent d'atrocité, la criminalité se déplace : elle gagne les couches supérieures de la société : l'exemple vient d'en bas. Presque tous les misérables que la justice jette, pantelants, sur la sellette des accusés, justifient l'axiome : Nul n'est plus cruel qu'un voluptueux.

L'assassin ne se contente plus de tuer : il s'acharne sur le cadavre de la victime : il le dépèce, il l'écorche, il le mutile. Il a soif d'horreur, il se rassasie de férocité, il se saoûle de sang.

Nous avons eu Billoir, Barré et Lebiez, Hodister et Desquiens, Moyaux, — ce père qui assiste impassiblement à l'agonie de son enfant précipitée par lui-même dans un puits ; nous avons Abadie et Gilles, nous avons Prévost.

Les classes relativement élevées ont fourni Godefroy, Danval, Walder, quelques autres encore que je ne veux pas nommer. Cette année, les drames de Saint-Mandé, de la rue Fontaine, de Montreuil, hier le meurtre et le suicide de la rue de Berri... Quelle effroyable nomenclature !

⁂

A aucune époque, bien certainement, — si l'on tient compte des progrès de l'esprit humain, et surtout si l'on croit à ce progrès, — à aucune époque on n'a vu se dérouler autant de lugubres événements ; nos mœurs, pour adoucies qu'elles paraissent être, sont bien réellement en décadence, et rien n'est plus facile à expliquer.

Ce qui frappe tout d'abord, c'est qu'il en a été ainsi à tous les moments de notre histoire où la forme républicaine a prédominé, sous une étiquette quelconque. Aussi bien sous la Ligue, où les échevins de Paris avaient constitué une manière de Commune, où déjà le bonhomme Cossé-Brissac rêvait une république à l'instar de Rome, où les protestants poursuivaient le dessein bien arrêté de changer en France la forme du gouvernement.

Car il ne faut pas oublier que Coligny prétendait à un stathoudérat modelé sur celui des princes d'Orange, et que Louis XIV, en révoquant l'édit de Nantes, n'eut d'autre but que de préserver le royaume d'une révolution imminente. (1)

Chaque fois que les élus du peuple ont acquis la prépondérance dans l'État, le principe d'autorité s'est trouvé, non-seulement menacé, mais encore déplacé et méconnu, et de graves désordres ont aussitôt oblitéré les mœurs.

1. Voir la note A à la fin du volume.

* *

Talleyrand pouvait dire à Fouché que la République est le trait d'union entre la royauté et l'empire. En France, quoi qu'il arrive, et tant que le dernier vestige de nos traditions nationales n'aura pas disparu, la République ne sera considérée, sinon apparemment, du moins en réalité dans le for intérieur de chacun, que comme une phase de transition, une période d'incertitude et d'attente.

Or tout gouvernement qui n'offre pas les garanties de continuité, d'unité d'action, de perpétuité que donne, par exemple, une monarchie héréditaire, ne peut pas assurer la sécurité publique : il n'est occupé que du soin de se maintenir, de surveiller et de poursuivre ses ennemis, de se garder contre les partis.

Il n'administre pas, il s'épuise à se créer, et, comme il est toujours éphémère, il s'épuise à se recruter des adhérents qui, le lendemain, bouchent les vides laissés par les transfuges de la veille.

* *

C'est le travail étrangement logique qui s'accomplit ainsi par la force des choses que Monsieur Gambetta a nommé l'avènement des nouvelles couches sociales.

Les « nouvelles couches » se renouvellent constamment, passent et disparaissent. On ne peut être républicain que *relativement,* jamais *absolument.* Hire, Monsieur Jules Simon était républicain, le voici aujourd'hui *réactionnaire.* Et pourtant Monsieur Jules Simon n'a pas changé,

Ce qui a changé, c'est le courant de l'opinion publique.

Ces jeux de bascule, qui constituent le régime parlementaire, cet état permanent de révolution qui est l'essence même de la République, ce conflit d'ambitions surexcitées sans cesse par le regret du pouvoir perdu et l'espérance du pouvoir reconquis, jettent fatalement un pays dans l'agitation quotidienne des luttes politiques.

Cette agitation engendre la division entre les citoyens : il n'est pas une ville de France qui ne compte cinq ou six factions ennemies, aussi irréconciliables que les Guelfes et les Gibelins du moyen-âge.

Ces querelles, ces controverses, ces divisions envenimées par des polémiques ardentes, en même temps cette nécessité pour le gouvernement d'utiliser au profit de sa propre stabilité toutes les forces vives dont il dispose, troublent profondément les esprits, et sont les plus actifs dissolvants des mœurs.

Et c'est alors que, sous l'influence du mépris de l'autorité et de l'ordre, à la faveur des préoccupations politiques, et profitant du désarroi général, se produisent le plus fréquemment ces crimes particuliers que l'Américain Poë dénommait crimes *excessifs*, c'est-à-dire commis dans des circonstances d'*excessivité*.

*
* *

L'accroissement de la criminalité trouve une autre cause dans l'état pathologique de notre population, soumise au nervosisme, à la *décoordination* (disait un étrange et savant médecin dont les idées, sur ce sujet, feront du bruit quelque jour), — *déséquilibrée* — en un mot, qui est mauvais ! — par une existence surchauffée, par des abus de toute sorte, par une exaltation cérébrale constante, par des spectacles, des lectures, des plaisirs qui développent outre mesure la vie intellectuelle aux dépens de la vie animale.

En effet, ce n'est pas la bestialité, ce n'est pas la colère, la haine, la soif de la vengeance qui ont poussé au crime les Billoir, les Gille et les Prévost. Ce n'est pas la misère non plus.

C'est un vice à entretenir, un plaisir à perpétuer; c'est l'alcoolisme ; c'est la vanité maladive, l'orgueil fou d'occuper de soi la foule ; c'est le roman et le drame, c'est le fait-divers où l'on a pris des leçons d'assassinat ; c'est la perversité du sens moral, faussé par les doctrines dangereuses qu'on a semées depuis un siècle,

Lorsque le sentiment de la hiérarchie est détruit, lorsque l'idée fausse de l'égalité absolue des hommes entre eux pénètre dans une nation, lorsqu'elle ne se contente plus des libertés nécessaires, — qu'elle possède toujours sous un gouvernement bien organisé, — et qu'elle prétend à la liberté illimitée qui s'appelle véritablement la licence, les ferments et les convoitises qui bouillonnent dans l'âme des déshérités de la fortune. des ilotes de la société, — race nombreuse et indestructible, — font irruption, quelque digue qu'on leur oppose, et c'est comme la lave incandescente d'un Vésuve qui jaillit des entrailles de la montagne !

*
* *

Et maintenant, la cause de ces causes ?

Je le dis hardiment : c'est l'irréligion.

L'ennemie de la paix sociale, c'est la libre-pensée. Si vous enseignez que Dieu n'existe pas ; si vous détruisez le dogme d'une vie future, où les bons seront récompensés et les méchants punis ; si vous affirmez qu'il ne reste rien de l'homme après la mort ; si vous ne proposez pour but au travail, aux efforts, aux souffrances, que la satisfaction des appétits, le succès des ambitions ; si vous remplacez l'espérance du lendemain de la mort par un désolant matérialisme, de quel droit conseillerez-vous aux malheureux la résignation, et quel frein leur imposerez-vous, hormis la force brutale ?

Et cette force, c'est le code pénal.

D'où il s'ensuit qu'il suffirait de ne rien faire qui soit prévu par le Code pénal, pour avoir la conscience tranquille. C'est la théorie du crime légal. Dès lors on n'est plus séparé du crime... *illégal* que par l'épaisseur de ce fil d'araignée qui sert de pont entre notre planète et le paradis où Mahomet attend les croyants !

C'est l'histoire du mandarin qui est à la Chine, dont on hériterait s'il passait de vie à trépas, et qu'on ferait périr en clignant de l'œil.

Si j'étais matérialiste, je tuerais le mandarin. Personne ne le saurait que moi seul, et, persuadé que l'âme et le corps meurent ensemble, je ne craindrais pas que mon dernier soupir devînt le signal d'une éternité de supplices.

*
* *

La religion enseigne le renoncement, la continence, la charité. Elle prévoit toutes les fautes, toutes les faiblesses, toutes les misères humaines. Elle a des remèdes pour toutes les maladies de l'âme, des consolations pour toutes les souffrances. Elle montre cette vie comme un état de passage, une transition entre le néant et l'éternité, éternité du bonheur, ou éternité de la peine, selon qu'on l'aura voulu. Elle n'exclut personne, elle appelle tout le monde. Elle fait de tous les hommes des frères. C'est par elle que l'esprit et le cœur goûtent les jouissances les plus pures et les plus élevées.

L'irréligion est plus commode. Elle permet, tolère, justifie, protège tout ce que la foi repousse. Elle permet l'impiété, tolère le concubinage et l'adultère, justifie l'abus de la force. Elle n'admet d'autre loi que celle qui a pour sanction le gendarme.

*
* *

L'irréligion nous gagne, les sophistes nous perdent. La multitude ne connaît rien aux subtilités et aux nuances. Elle ne comprend que les extrêmes : on est dévot ou impie. Il en résulte que la société contemporaine se partage en deux camps : les croyants et les incrédules.

Il n'y a pas d'athée de bonne foi, pas plus qu'il ne peut y avoir des catholiques libéraux, conciliant les idées modernes avec une religiosité poétique, mais fausse.

L'Église catholique est ainsi constituée qu'il faut admettre d'un seul bloc tout ce qu'elle enseigne, ou rejeter son enseignement d'un seul bloc.

Nous en arrivons par conséquent à une guerre formidable, la seule guerre qui soit logique, la guerre de religion.

Elle a été commencée dès les premiers siècles de l'ère chrétienne et s'est poursuivie d'âge en âge. Mais la lutte a été engagée définitivement par les encyclopédistes, précurseurs de la Révolution. Elle a eu d'abord le livre pour arme ; elle a maintenant tous les moyens qui s'adressent à l'esprit : le livre, le journal, le théâtre, l'art sous toutes ses formes. La bataille ne cesse jamais.

Seulement on ne s'est pas aperçu qu'en sapant la religion, on abattait le pilier fondamental de l'organisation sociale, et que si la religion s'effondrait, elle entraînerait l'humanité dans sa chute.

Les théories subversives, les doctrines frelatées ont corrodé les mœurs, et produit cette effervescence dissolvante qui engendre la multiplicité des crimes.

Ce ne sont point ici des paradoxes : le sujet que j'ai abordé n'est pas matière à plaisanterie, et je n'ose que l'effleurer.

Mais en jetant ces quelques idées, j'espère provoquer certaines réflexions, et si je vous les ai soumises, à vous, mon camarade, c'est que vous avez cherché la paix sociale où elle n'est pas, et qu'il faut songer à tourner votre casaque.

LA BYZANCE MODERNE

A Monsieur LOUIS TESTE.

Ne vous est-il, Monsieur, jamais arrivé d'imaginer un bourgeois parisien du quinzième siècle, ressuscitant comme Lazare, et sortant du chemin des Innocents, ou remontant des catacombes, pour vivre quelques jours d'une vie nouvelle, et revoir sa bonne ville, après quatre cents ans de sépulture ?

Que penserait cet honnête vilain d'antan ?

Il n'y a plus de roi, plus de parlement, plus de connétable, plus de prévot, plus d'échevins et Monsieur Engelhard gouverne, sous Monsieur Andrieux, qui est sous Monsieur Lepère, lequel est aussi gouverné : telle Egérie conseillait le roi Numa Pompilius. Excusez la comparaison !

*
* *

Ce bourgeois, dont tant de romanciers ont pris soin de dépeindre le déplorable sort, ferait parmi nous piteuse figure. Voyez-le aux prises avec un amnistié, ou lisant une de ces phénoménales circulaires à quoi nos ministres usent leurs veilles, quand Égérie le permet, ou oyant le discours d'un éloquent tribun, qui promet plus de beurre que de pain, après avoir mangé notre blé en herbe.

Figurez-vous ce pauvre homme étudiant le jeu de nos libérales institutions, et découvrant que le beau royaume de France est aux mains de sept ou huit robins dont on n'aurait pas fait des lieutenants de juge dans le royaume d'Yvetot, et que nous avons pour dauphin le rejeton d'un boutiquier génois.

Comme il réclamerait vivement le trépas à courte échéance ! et quelles gorges chaudes il ferait sur le progrès humain avec les âmes de ses contemporains, sur les sombres rives du Styx !

Si Dieu veut infliger un supplice effroyable à quelqu'un de nos anciens tyrans, à Louis XI, par exemple, si jaloux de la gloire nationale, il n'a qu'à le faire revivre pour un mois, et chez nous.

* *

En revanche, il ne me déplairait point de reculer d'autant, et de visiter la Constantinople de Dragosès. Je m'assurerais que nous glissons à la même destinée.

Un ennemi plus terrible encore que le Turc est à nos portes : les sophistes sont dans nos murs ; tout s'effondre autour de nous, et sur les ruines du passé, le présent est impuissant à rien édifier. L'empire croule et l'on s'amuse aux caquetages ; la nation se divise, et l'on protège la discorde.

Notre état social se modèle sur celui de Bysance, et bientôt il faudra tomber...

« Une heure sonne, une heure néfaste entre toutes, dit Louis Veuillot, l'heure dernière des patries, où la cause publique n'existe plus, où il n'y a plus à défendre ni lois, ni liberté, ni justice, ni foyers, ni souvenirs, ni avenir. Désormais il ne reste qu'un maître ; on ne l'a pas choisi, et l'avenir est son butin. »

* *

Assurément, il y a dans cette peinture de notre société quelque violence de couleur. Personne ne voit que nous soyons si près du précipice.

7.

Paris chante, Paris danse, Paris se divertit, Paris spé-
cule, Paris se passionne pour ou contre la Nilsonn qui prétend à de gros gages, Paris condamne *Triboulet* et fête
Nouméa. Il n'y a pas péril en la demeure !

C'est peut-être vrai, et je dirais volontiers, parodiant un
mot célèbre : Il n'y a rien de changé en France ; il n'y a
que des Français de moins.

Cependant, pour ceux qui sont doués du malheureux
don de l'observation, qui tracasse l'existence et en dérange
la calme placidité, des symptômes singuliers se produisent.
Ils sont encore peu apparents, mais les esprits subtils ne
s'y peuvent tromper : l'existence de notre société est anor-
male : nous avons la fièvre, nous sommes épuisés, las,
malades, et cette *névrose sociale* se manifeste par des faits
non point isolés, mais groupés en série, logiquement
enchaînés, qui modifient profondément nos mœurs, et
détruisent, en conséquence, nos lois qui ne sont pas adap-
tées au tempérament général de la nation.

Je parlais tantôt de l'épidémie des crimes et du caractère *excessif* qu'ils revêtent. Nous avons aussi la manie du
duel et la contagion du suicide, et l'effrayant développe-
ment que prend la plus terrible des maladies : la folie et la
désorganisation de la famille. Tout se tient,

*
* *

Le duel était tombé en désuétude. On en citait de rares exemples. Mais il est le dernier mot des civilisations démocratiques.

Lorsque la loi ne suffit pas à protéger, lorsque les divisions se multiplient, s'accentuent, et qu'enfin la foi religieuse, unique régulateur de la conscience, s'affaiblit, on en vient bientôt à l'argument revolver, le seul qui puisse fournir une réparation qui ne soit pas dérisoire.

Et nous en sommes là.

L'exagération des opinions engendre l'âpreté, la violence des polémiques. Jamais on ne fut plus exalté. Le langage et le style atteignent un diapason extrême. C'est, en tout, l'abus du superlatif. *Absolument, excessivement* sont les adverbes à la mode : ils traduisent une trop réelle exubérance de sentiments. A ce point, la parole et la plume ne suffisent plus : on prend les armes.

Les spécialistes qui étudient l'homme de près vous diront dans quelle proportion énorme le nombre des suicides a augmenté. Ici encore, la foi religieuse est le seul obstacle à ce crime irrémissible.

Dans les pays où la religion conserve son influence, il est moins fréquent que dans les autres ; mais où est le temps où il étatt considéré comme une exception monstrueuse ? Le suicide est logique, dès qu'on cesse de croire en Dieu et à la vie future, et le matétialisme l'autorise, en promettant le néant, c'est-à-dire la fin de tout, à celui pour lequel la vie est un fardeau trop lourd.

*
* *

La désorganisation de la famille tient à des causes multiples. La principale est le mépris du mariage. La loi civile a transformé en contrat le sacrement. Les mœurs en ont fait une association d'intérêts. Les unions mal assorties ont amené le relâchement des liens : l'adultère est devenu chose banale.

Et comme remède aux maux infinis causés par la perversion d'une institution divine que l'on ne respecte plus, on n'a trouvé que le divorce, — c'est-à-dire la prostitution légale.

C'est peut-être là qu'il faut chercher l'origine de notre décadence. En substituant le mariage civil au mariage religieux, en supprimant la liberté de tester, en restreignant l'autorité paternelle, en accordant au célibataire les mêmes droits qu'au chef de famille, le législateur a porté une grave atteinte à l'organisation de la famille, telle que l'Église, si judicieuse et si sage en pareille matière, l'avait établie.

Et le divorce — qui sera une plaie nouvelle — ne serait pas nécessaire, même *en apparence*, si les enseignements et les prescriptions de l'Eglise avaient force de loi : son code du mariage est complet et parfait, prévoit tout et règle tout on le sait, on l'admet. Ce qui gêne, c'est l'indissolubilité, qui est pourtant de droit naturel.

*
* *

Voilà donc, Monsieur, quels sont, parmi les plus apparents, les symptômes de la maladie qui dévore le corps sociale : accroissement périodique, incessant, du nombre des crimes, des suicides, des duels ; augmentation des maux physiques, folie, alcoolisme, dégénérescence de la race, dépopulation progressive, mépris et irrespect du mariage, diminution de l'autorité paternelle, dissolution de la famille.

Il serait facile d'en signaler d'autres, de moins d'importance, mais tout aussi visibles. Il faut se restreindre.

Si vous rapprochez de ces faits, les tendances de la science vers le rationalisme, de la philosophie vers le matérialisme, de la littérature vers le naturalisme, — trois vilaines têtes sous le même bonnet ! - si vous constatez que ces théories et ces fausse doctrines, bâtardes de l'irréligion, se répandent sous le couvert de libertés contraires à la sage direction de l'esprit humain ; — vous reconnaîtrez avec moi qu'on nous ramène au paganisme par le plus court chemin.

Car je ne crois pas, Monsieur, que l'idée religieuse puisse être absolument détruite, et les libres penseurs ne sont à mes yeux que des païens déguisés. Je ne conçois pas l'athée... Et le sélectioniste Darwin lui-même doit avoir quelque manitou.

Ce qui me paraît être le penchant caractéristique de notre époque est donc ce retour au paganisme, — peut-être inconscient, — qui, remarquez-le, coïncide ordinairement avec le culte exagéré des arts et des lettres, et dont la Renaissance nous offre un exemple. Et ce qui détermine ce retour aux cultes païens des temps primitifs, c'est l'appétit des jouissances toujours connexe à l'abandon de l'idée religieuse.

L'indifférence en matière de religion est le vice du plus grand nombre ; mais les hommes d'intelligence supérieure ne sont pas indifférents ; ils sont ou franchement soumis à la religion, ou absolument hostiles. Et quand je parle de religion, c'est naturellement du catholicisme qu'il s'agit; les sectes dissidentes n'ont, en France, aucune action sur l'état social, et la lutte est engagée, à l'étranger, aussi bien que chez nous, entre l'idée catholique et l'idée anti-catholique.

C'est l'Église qui est en cause.

Ce que j'ai l'honneur de vous dire est si vrai, Monsieur, que les discussions de l'ordre de celle que je soulève ici n'étonnent personne, en ce moment, tandis qu'elles eussent paru dangereuses, il y a dix ans, et parfaitement oiseuses, il y en a trente.

*
* *

On était alors dans la période d'indifférence. On ne s'intéressait guère à ces questions si élevées pour lesquelles, maintenant, on se passionne à ce point qu'un orateur a pu laisser tomber, du haut de la tribune française, ces paroles impolitiques :

« *Le cléricalisme, voilà l'ennemi !* »

C'est là une déclaration de guerre dans toutes les formes. Elle est imprudente. Elle me rappelle ce mot d'un Romain à son fils qui lui disait que, se trouvant sur la terrasse du Panthéon avec Charles-Quint, il avait eu la pensée de précipiter l'empereur :

« Ces choses-là se font, et ne se disent pas ! »

On a parlé trop tôt.

*
* *

Jamais, en effet, le moment n'a été plus mal choisi pour entreprendre de supprimer le catholicisme en France.

L'épiscopat et le clergé français ne sont-ils pas une des forces vives de la nation ? Le clergé, dans tous les rangs, est instruit, libéral (dans le vrai sens du mot), discipliné, pieux, prudent. Il est estimé, quoiqu'on en dise, respecté, aimé. Il ne possède pas assez de richesses pour tenter la cupidité d'un gouvernement spoliateur : les églises, les monuments religieux, appartiennent à l'État, aux provinces, aux communes, qui n'ont pas intérêt à se dépouiller eux-mêmes

Les ordres et les congrégations sont nombreux sans excès, florissants, et rendent des services que la passion politique peut faire un instant méconnaître, mais dont on ressentirait cruellement la privation, si l'on cédait à la pensée folle et vaine de les chasser.

D'ailleurs, on ne saurait s'y tromper, il s'est opéré une soudaine résurrection de l'idée religieuse. Un mouvement très-accentué s'est produit, après la guerre, se continue et se propage. Le courant d'opinion est très-marqué, dans les termes que j'ai déjà employés, il est absolument catholique d'un côté, absolument anti-catholique de l'autre. Je ne fais pas de statistique : les chiffres importent peu. Ils se déplacent si promptement !

Il est certain que le *Kulturkampf*, cette chère idée du prince de Bismarck que nous voyons forcé de reculer,

—encore qu'il ait l'autorité d'un pouvoir indiscuté, l'appu-
de la majorité numérique, la libre disposition de moyens
coërcitifs irrésistibles, — ne pourra pas plus réussir en
France qu'il n'a réussi en Allemagne.

M. Le Royer aura beau faire des circulaires ; M Paul
Bert, des falsifications de textes ; M. Jules Ferry, des
projets de lois, et M. Gambetta, des discours, ils n'abou-
tiront qu'à une défaite ridicule.

Pour les soutenir ils n'ont pas, eux, le prestige que le
Prince de Fer s'est acquis. Ils ne sont, eux, que des gens
de passage. Ils traversent le théâtre et disparaissent aussitôt
dans la coulisse...

La preuve ? Je défie n'importe quel français de me dire,
— à la défilée — les noms des membres du gouvernement
du 4 Septembre.

*
* *

Mais je m'égare hors de mon chemin, et nous voici,
Monsieur, bien éloignés de Byzance. La pensée vagabonde
et je laisse trop volontiers courir ma plume à sa fantaisie.

Au siècle où les Turcs menaçaient d'envahir la chré-
tienté, le pape Calixte III avait ordonné qu'on sonnât la
cloche à midi, dans toutes les paroisses du monde, pour
appeler à la guerre sainte contre l'Islam.

Notre cloche des Turcs, à nous, c'est le constant effort contre l'ennemi : le premier élan ne donne qu'une victoire incertaine; elle n'est assuréeque si l'on revient à la charge.

Vous le savez mieux que beaucoup, Monsieur, vous à qui ces hautes questions sont familières et qui les traitez magistralement, toujours sur la brèche, pénétré que vous êtes d'un grand amour pour la patrie et d'une grand admiration pour l'Église, — qui serait la plus belle des institutions humaines, si les hommes étaient capables de construire un édifice aussi colossal, — et qui prouve sa divine origine en restant inébranlable à travers dix-neuf cents ans de persécutions, de révolutions et d'orages !

Ninive, Babylone, Thèbes, Carthage ont disparu et ne sont plus qu'impalpable poussière dans le néant.

Rome est debout : ses fondations sont cimentées de sang chrétien, et la Croix a partout renversé les idoles. Nous avons le droit d'être confiants.

Nos adversaires ont M. Ferry pour catapulte, et M. Lepère pour flèche, et M. Paul Bert, pour *artificier*, et toute une bande pour armée. Nous autres, nous avons une promesse, en deux mots :

Non prævalebunt !...

Et la Byzance moderne peut périr, nous survivrons !...

PROPOS

D'UN QUE ÇA EMBÊTE

Il y avait grande foule, ce soir-là, sur le boulevard Montparnasse. On attendait les amnistiés, qui arrivaient de Bretagne : des femmes, des enfants, des ouvriers fêtant la saint Lundi, et quelque demi-cent de bourgeois venus là pour se désennuyer, en se donnant un avant--goût de l'émeute.

Beaucoup de citoyens portaient des morceaux de carton à la boutonnière : des rouges, des roses, des cramoisis, des jaunes : un assortiment de nuances à effaroucher un perroquet.

Dans le cabarets on faisait tapage : le petit vin bleu coulait à flots.

Ceux qui étaient là pour attendre un père, un frère, un fils, un ami, rendu aux siens après les cruelles leçons de l'exil, ne criaient point et ne riaient pas. Les grandes joies sont muettes, comme les grandes douleurs.

On les reconnaissait à leur maintien modeste, à leurs regards attendris : on se sentait ému de leur bonheur, et nul n'aurait songé, en les voyant, à jeter dans leur pieuse ivresse la goutte de fiel d'un mauvais souvenir.

Il faut respecter ceux qui aiment.

Les autres étaient haïssables : ceux qui faisaient du bruit, et qui accaparaient au profit de leur politique ces sourires et ces larmes, exploitant ces pauvres voyageurs, harassés de fatigue, écrasés d'émotion, comme les insurgés de toutes nos révolutions exploitent le premier cadavre venu.

* * *

Et ce fut alors qu'un bourgeois cossu, qui n'avait point l'air d'un sot, et qui faisait la grimace en regardant certaine maison où se donnait un banquet royaliste, se tourna vers son voisin et lui débita le discours suivant :

« Moi, d'abord, tout ça m'embête !

« Nous voilà tranquillement réunis pour fêter le retour des martyrs de la Commune. Tous nos ministres voyagent, pour notre agrément; le président chasse pour son plaisir, Bismarck nous fait des gentillesses, on chante ici la *Marseillaise*, la République est acclamée, l'Espagne et l'Italie nous envient les glorieuses institutions que nous devons à l'unique voix de Monsieur Wallon.

« Tout semble être pour le mieux, et c'est, en vérité, à ravir ceux qui reviennent.

« Eh bien ! ce n'est pas vrai.

« Les choses ne vont pas aussi bien que cela. Voyez-vous qu'aujourd'hui même, en la fête de saint Michel, on célèbre l'anniversaire d'Henri V ! On n'y pensait plus, au comte de Chambord ! Il était mort, enseveli dans son drapeau, et le plus hardi n'avait plus foi. Or, il y a dans Paris vingt banquets, c'est-à-dire vingt réunions où beaucoup de royalistes crient : *Vive le roi !* et signent je ne sais quelle adresse où sont exprimées des espérances factieuses.

« Espérances dont on aurait tort de se moquer. Napopoléon Ier disait que les affaires faciles ne se font jamais. En politique, c'est exact. L'imprévu gouverne tout.

« Aurait-on pensé que l'empire français, qui avait en 1810 cent trente départements, serait, en 1815, morcelé et détruit ?

« Ce que j'en dis, c'est pour l'exemple. Puisque vous ne redoutez pas le comte de Chambord, puisque vous le déclarez impopulaire, impossible, pourquoi vous en occuper tant ? Vous ne parlez que de lui.

« Qu'il fasse un pas en avant ou en arrière, vous le suivez ; qu'il écrive une lettre, vous la publiez ; qu'il cause ou qu'il se taise, vous discutez sa parole ou commentez son silence. Il ne vous est donc pas indifférent, — et ça m'embête.

*
* *

« Encore si les banquets royalistes ne rassemblaient qu'une douzaine de marquis et de vicomtes, je n'y verrais pas malice.

« Mais voyez : ils sont douze cent à Chambord, au cœur de la France ; et pour quelques ducs, — parfaitement aimables d'ailleurs, — qui viennent porter leur hommage à l'héritier des Bourbons, il y a des centaines d'ouvriers et de paysans. La blouse et le sayon fraternisent avec le frac de l'élégant, et ces grands seigneurs se donnent le ton de trinquer avec le menu peuple.

« Partout en province l'esprit monarchique s'éveille. On dirait que cette date du 29 septembre est une fête nationale. Pour un peu, on pavoiserait les maisons.

« A quoi pense le gouvernement ? La liberté est un bien précieux qu'il convient de réserver aux seuls républicains;

et c'est assez que nous donnions à tout le monde la liberté d'être de notre avis. Pour ceux que cela gêne, il n'y aurait assurément pas assez de place à Nouméa.

« Mais nous avons l'Algérie, et MONSIEUR FRÈRE s'impatiente de ne régner que sur des chameaux.

« Donc, il aurait fallu interdire ces manifestations gênantes, et si les marchands de bois se mettent à être tout aussi légitimistes que les huppés du faubourg Saint-Germain, il n'y a plus de raison pour que ça finisse. La démocratie est arrêtée net dans sa carrière, où la guidaient pourtant de bien habiles charretiers.

« Voilà que Monsieur Lepère embourbe son char au fort Lomont, et que Monsieur Louis Blanc patauge. Les républicains sont désunis : opportunistes, anti-opportunistes, intransigeants, rouges, roses, etc. Il y a le parti Blanqui, le parti Blanc, le parti Gambetta, le parti Simon, le parti Clémenceau. Bref, autant de partis qu'il y a d'anciens ministres et de futurs ministres.

« Et je vous déclare que ça m'embête !

*
* *

« Vous m'objecterez que cette division des républicains a pour contre-poids la division des monarchistes. C'est là où le bât nous blesse. Il y a un proverbe qui dit :

« Fin contre fin ne vaut rien pour doublure. »

« On s'exagère outre mesure l'importance de certaines discussions de forme. Au fond, croyez qu'on est d'accord. Il n'est pas jusqu'aux impérialistes qui ne chantent leur partie dans le concert.

« Après tout, des banquets n'ont pas d'importance politique ! Oui et non. Les personnalités n'y gagnent rien ; mais le mouvement s'accentue, on se compte, on s'organise. On était mille hier, on sera cent mille demain. C'est ainsi que les courants s'établissent. Allez chercher le pourquoi et le comment !...

« Ne me dites pas que ce n'est là que de l'agitation stérile. En France, on aime les hommes qui vont de l'avant, à visage découvert.

« Quand on demandait à Jeanne d'Arc par quel sortilège elle entraînait ses soldats à l'assaut d'une forteresse, elle répondit :

« Je leur disais : « *Entrez hardiment !.... Et j'entrais* « *la première.* »

« Il ne s'agit que de donner le branle. Nous sommes tous un peu moutons de Panurge. Nous n'estimons pas les gouvernants trop honnêtes.

« Si le roi de France avait quelques maîtresses et n'avait pas de confesseurs, il aurait plus de chances.

« Toutefois, si on le prend tel qu'il est, la multitude suivra, et Rabelais — qui va avoir une belle statue — aura, une fois de plus, raison. Le danger est là : qu'on arrive à démontrer la nécessité de la monarchie. Ce n'est pas difficile : on a déjà commencé.

« Et vous ne m'empêcherez pas de constater, en passant, que ça m'embête !

*
* *

« Avouez qu'on est aussi par trop maladroit. L'article 7 de Monsieur Ferry nous fait perdre plusieurs pouces de terrain, et jette bien des pierres dans notre jardin.

« Nous ne sommes pas heureux en Jules, — au pluriel !

« Il était si facile de se taire ! On a consulté les conseils généraux, qui n'ont pas tous répondu à l'appel. Et voilà que, partout, les pères de famille font un plébiscite, en envoyant leurs enfants aux congréganistes.

« D'où il s'ensuit que la loi Ferry est condamnée à mort, avant même d'exister, et que si jamais elle existe, elle tombera sous l'immense huée d'un ineffable ridicule.

« Nous voilà bien avancés !

« Il y a aussi la question du divorce, qui n'égaye ni les femmes ni les belles-mères. Les unes s'inquiètent de savoir si on rendra la dot, les autres n'entendent point plaisanterie sur le chapitre du mariage : elles veulent bien nous quitter, mais n'admettent guère que nous les quittions. Grabuge dans plus d'un ménage ! Il faut compter avec les bonnets.

« La République est facile : galante, pas du tout.

« J'en dirais plus long si je n'apercevais quelques émissaires du bon M. Andrieux, qui rôdent autour de nous, — comme sous le tyran.

« La liberté de ce temps-ci ne dédaigne ni la prison ni l'amende : il sied d'être prudent. On se chuchote à l'oreille, par-ci par-là, que de gros personnages de la République jouent le jeu dangereux de se mêler des affaires d'autrui.

« Quand on sème le vent, on récolte la tempête.

« C'est assez de remplir sa propre écuelle, et regarder en celle d'autrui risque de déplaire à cet autrui, qui se fâcherait. Saint-Sébastien est une jolie ville. Demandez à Monsieur Gambetta. Elle a seulement le tort de n'être pas républicaine. ·

« La République ne devrait pas avoir de commis-voyageur à l'étranger.

« Ça coûte cher !

« Si maintenant vous ajoutez à ces divers éléments de dissolution l'état languissant du commerce et de l'indus-

trie ; si vous reconnaissez que l'ère de prospérité formelle-
ment promise n'est point ouverte ; si vous récapitulez ce
que nos gouvernants n'ont pas fait, et ce qu'ils eussent dû
faire, vous m'approuverez d'affirmer que ça m'embête !

*
* *

« En somme, nous avons eu la République monarchique
de l'essai loyal, la République conservatrice de Monsieur
Thiers, la République aimable de Monsieur Jules Simon,
la République aristocratique de Monsieur de Mac-Mahon,
la République doctrinaire de Monsieur Dufaure, la République austère de Monsieur Grévy, la République anti-
cléricale de Monsieur Ferry, voire la République militante
de la Commune, et nous voici contraints de reconnaître,
après neuf ans d'expérience, qu'aucune de ces Républiques
n'est la République qui nous convient.

« Conclusion : Ça m'embête ! »

*
* *

Ainsi parla, sans débrider, le bourgeois cossu qui
n'avait pas l'air d'un sot. Il votait pour Cantagrel aux
élections dernières : il s'en repend. Il votera demain pour

qui l'on voudra. Il s'est laissé glisser volontiers sur la pente : il remonte avant d'être tout à fait au bas.

Et cet honnête homme, qui a plus d'esprit que Voltaire, — s'appelle Public.

MONSIEUR POIRIER

A Monsieur EMILE AUGIER,

de l'Académie française.

« Plus ça change et plus c'est toujours la même chose. »
Cette naïveté exprime une vérité des plus terribles : à savoir qu'il n'est rien de neuf sous le soleil. On demande à
varier. Les Français ne sont pas fiers de leur gouvernement : en revanche, ils sont mécontents de ce calme plat
auquel on les condamne.

*
* *

Le grand-duc Constantin de Russie vient de se donner
une entorse : n'est-ce pas l'occasion de faire du bruit ? Les
heureux abonnés de l'Opéra entendront le célèbre final
d'*Aïda*, et les compositeurs français attendront sous
l'orme : n'est-ce pas l'occurrence favorable d'un petit tu-

8.

multe ? Nous avions le médecin malgré lui, nous avons
l'élu malgré lui, en la personne de ce bon b..... de
Père Duchène, qui voulait f...., ses électeurs à la porte:
n'est-ce pas le moment de faire tapage ? Enfin — ô miracle de la modestie républicaine !— Monsieur Jules Ferry,
après avoir trop parlé, se résout à se taire trop : n'est-il
pas nécessaire de crier un peu ?

Que dire en un pays où l'on fait, le lendemain, exactement ce qu'on a fait la veille, c'est-à-dire peu de besogne?
On commence à se lasser des prosopopées sur l'article 7:
il passera, peu nous chaut ! Il ne passera pas, cela nous
est bien égal ! Ce qui est certain, c'est qu'il a pour destinée de tomber dans le gouffre aux oublis. Et si vous voulez savoir pourquoi, nous l'allons demander à Monsieur
Poirier.

*
* *

Vous connaissez Monsieur Poirier.

Ce titre et ce nom sonores incarnent la bourgeoisie
française : la bourgeoisie grave, solennelle, pédante, libé-
rale. Celle qui fait la révolution de juillet, et qui la défait.
Celle qui invente la doctrine, et qui, n'ayant pu s'accorder
avec *Faute-de-Mieux*, non plus qu'avec *Crainte-de-Pire*,
organise le parti le plus étonnant, le moins logique, le plus

dangereux, le moins utile, le plus singulier, le moins amusant : le centre gauche enfin, pour l'appeler par son nom,
car on épuiserait à le caractériser toutes les épithètes de
la fameuse lettre à Coulanges.

Le centre gauche ! rouage compliqué, machine à sur-
prises, assemblée capricieuse où celui qui a toujours raison est celui qui n'a rien dit. Et c'est Monsieur Poirier qui
a formulé cet aphorisme immense :

« La France est centre gauche. »

Cela signifie que Monsieur Poirier veut être million-
naire, député..., voire ministre, ambition qui n'a rien
d'exagéré, quand on voit à qui se distribuent les porte-
feuilles. Colbert, sous le grand roi, fut d'abord un petit
commis d'intendance, que ne seraient ni Monsieur Tirard,
ni Monsieur Lepère. Les temps ont changé : les hommes
aussi.

*
* *

Donc savez-vous pourquoi le roi Louis XI a renversé le
pouvoir des grands vassaux, achevé l'unité française ?

Pourquoi François Ier a relevé le culte des lettres et des
arts ? Pourquoi Richelieu a lutté vingt ans contre les grands
seigneurs, usé son génie à ruiner la puissance de la maison d'Autriche, et retapé la vieille Europe ?

Pourquoi Louis XIV a régné cinquante ans dans une gloire incomparable, entouré des Mazarin, des Louvois, des Colbert, des Vauban, des plus illustres guerriers, de poëtes et d'écrivains, d'une pléiade de grands hommes qu'aucun siècle peut-être n'avait eu si vraiment grands ?

Savez-vous pourquoi les États généraux de 1789 ont fait tant de réformes ?

Pourquoi la noblesse et le clergé se sont dépouillés de leurs privilèges dans la nuit du 4 août ?

Pourquoi on a coupé le cou à Louis XVI, décapité sa femme et sa sœur, jeté au plus infâme supplice un enfant de onze ans, héritier de soixante rois ?

.⁂.

Eh bien ! c'est tout simplement pour que Monsieur Poirier gouvernât la France.

Il a fallu le sang de quelques millions d'hommes pour arroser cette plante vénéneuse. Il a fallu, pour qu'elle s'épanouît aux lumières de notre siècle mirifique, le travail de trente générations.

Et nous sommes partis de Clovis pour arriver à Monsieur Poirier, et de la victoire de Tolbiac, où nous battîmes les Germains, aux combats singuliers de la place de la Bastille, où deux mille citoyens réunissent leurs forces contre deux prêtres, formidables représentants de l'hydre du cléricalisme, — style Poirier !

* * *

Nous sommes tous, en France, les gendres d'un seul et même Monsieur Poirier, qui marie sa fille à l'aveuglette ; qui raisonne admirablement de ce dont il ne sait pas un traître mot ; qui nous veut mener par le bout du nez ; qui veut faire notre fortune malgré nous ; qui ne paie que la moitié de nos dettes ; qui nous veut héberger et nourrir ; qui décachète nos lettres ; qui nous appelle téméraires quand nous entendons nous battre, et lâches quand nous ne nous battons point ; qui prétend nous forcer au divorce ; qui reste enfin tout à fait penaud, — quand nous lui avons démontré que nous valons mieux que lui, et qu'en somme notre frivolité, notre orgueil, nos susceptibilités, nos fautes même, attirent plus la sympathie que sa lourde gravité, son égoïsme, sa vanité sotte, son outrecuidance, et surtout son outrageante raison.

* * *

Ce bourgeois, qui s'imagine avoir appris la politique à auner du drap, et qui prétend régenter un État comme naguère il conduisait sa boutique, est-il pas d'un précieux ridicule ?

Monsieur Poirier, c'est l'avocat sans cause qui prenait la robe d'Égérie pour en faire des sacs à procès. Monsieur Poirier, c'est le numismate qui met en son médailler toute l'histoire des Césars, et se figure qu'on frappera son effigie pour la transmettre intacte à la postérité, parce qu'il aura remué des paperasses. Monsieur Poirier, c'est l'autre avocat qui, pour s'épargner la peine d'apprendre les cinq codes, forge des lois nouvelles qui nous vaudront une édition prochaine des *Comptes fantastiques*. Monsieur Poirier, c'est le sénateur enlevé à son usine, le député arraché à ses moutons, le préfet renvoyé de sa brasserie, le sous-préfet exilé de son caboulot. Monsieur Poirier, c'est tout homme qui, pour cause d'opinion républicaine, abandonne la carrière où il gagnait son pain, et justifie tout à coup le mot de Figaro :

« Il fallait, pour cette place, un calculateur, ce fut un danseur qui l'obtint ! »

Et quelle foule de danseurs il reste à caser !

Monsieur Poirier continue son petit commerce : il achète et revend des votes, marchandise productive, très-abondante sur la place, mais qui laisse parfois des déchets. Il s'enrichit : la Bourse a des tentations à nulle autre pa-

reilles. Il enrichit ses clients, qui le paient en considération. Il a pignon sur rue, et tient salon pour les gens qui
aiment à causer.

Le voici devenu conservateur.

Seulement il avait oublié d'anciens amis, désagréables,
de ces pauvres hères qui vous aboient aux chausses. Il les
avait envoyés respirer l'air chaud des tropiques, se trouvant quelque peu gêné de leur voisinage, à la suite de divers accidents qui l'épouvantèrent terriblement jadis, et lui
paraissent aujourd'hui jeux de princes.

Or donc, Monsieur Poirier s'est avisé de rappeler ces
enfants égarés qui mettaient le feu en jouant avec des allu-
mettes, et voici qu'il se trouve fort en peine. Certaines va-
leurs financières sont en baisse, mais le pétrole est à la
hausse ; on craint que la consommation de ce produit n'aug-
mente soudain en grosse proportion.

Monsieur Poirier redoute les imprudences de ses bons
amis, qui ont eu faim, et qui veulent manger ; qui ont eu
soif, et qui veulent boire ; qui ont eu chaud, et qui
désirent se rafraîchir.

Et Monsieur Poirier, centre gauche, commence à s'aper-
cevoir que la position la plus commode n'est pas d'être le...
dos par terre entre deux chaises, et le voilà qui se cram-
ponne de ci, de là, pour se hisser et choisir un siège plus solide.

Les dénouements de comédie sont toujours satisfaisants: le public n'aime pas à s'endormir sur une catastrophe. Mais si Monsieur Poirier a·le goût de dormir tranquille, peut-être serait-il sage de prévoir l'échauffourée de la fin. Car tout commence, mais tout finit.

Tout casse, tout lasse, tout passe, — même la meilleure des républiques !...

Zuze un peu ! dirait le Marseillais...

LES COMÉDIENS POLITIQUES

A LUCIEN DE RUBEMPRE

(Deuxième du nom).

Si Madame la marquise de Sévigné avait le malheur de
vivre à l'heure présente, elle recommencerait son étourdissante lettre à M. de Coulanges, et c'est pour le coup, mon
cher ami, qu'elle accumulerait les épithètes et les superla-
tifs ! Supposez un moment que cette sublime bavarde
assiste au spectacle curieux et lamentable qui se déroule
sous nos yeux. Quel sujet admirable d'épîtres brûlantes !
Mais la bonne dame n'est plus, et les Sévigné de nos jours,
chaussant bas d'azur, écrivent des romans langoureux ou
des traités philosopiques, et ne font des manifestations politiques — les frivoles ! — que de compte à demi avec
leurs couturières.

9

*
* *

De quoi pensez-vous que Paris — la cité-cratère ! —
s'occupe en ce moment ? Du triomphe de Monsieur de Cas-
sagnac, acquitté haut la main, — ce qui doit procurer des
sensations désagréables aux rossignols qu'il a taquinés ?—
Des lois libérales de Monsieur Jules Ferry, si gentiment
soutenu par ce qu'on appelle une majorité de rencontre ?
— De la préfecture de police, d'où Monsieur Andrieux
peut crier à Monsieur Albert Gigot, à l'instar de Montu-
zéma, — Moctecuzoma, pour les archéologues de province :

« Et moi donc, suis-je sur un lit de roses ? »

Des caricatures où certains dessinateurs crayonnent le
profil d'un grand homme défunt, pour se venger de n'a-
voir pas son effigie — en or — dans leur poche ? — Des
graves conséquences que paraît entraîner la tragédie san-
glante qui s'est jouée récemment dans les champs de maïs
de l'Afrique méridionale ? — Du grand deuil qui frappe
la noble veuve de notre dernier souverain ? — Du nihilisme
russe, de l'internationalisme italien, des mésaventures d'Is-
maïl pacha, de la cour d'assises ou de l'Opéra ?

*
* *

Point, mon très-cher : Paris la grande ville s'occupe d'un
événement singulier, dont on parle un peu partout et même
ailleurs ; en haut et en bas, au salon, au club, sur le boulevard, et peut-être à l'église.

Il s'agit d'une comédienne qui donne sa démission, tout
ainsi qu'un simple ministre, et qui s'en va récolter en Amérique plusieurs boisseaux de dollars, parce que la critique
s'est permis de demander quel intérêt elle avait à être malade, un certain jour où il fallait qu'elle fût malade pour ne
se point exposer à des comparaisons fâcheuses avec une
autre comédienne, qui joue volontiers les rôles de duchesse
— au théâtre !

Et l'on commente cette démission, qui paraît être une
calamité publique.

En vérité, l'art dramatique agonise, et tout est perdu
pour la France, au cas où nos comédiens ordinaires ne ra-
mèneraient pas en leur troupe cette merveilleuse étoile, dont
sont épris tant de *vers de terre* — pour employer le style
poétique du Maître par excellence ! On dit ces choses bien
sérieusement, et c'est d'un bouffon superbe !

*
* *

Nous en sommes venus là, mon ami. La comédie gagne nos mœurs, et qui ne la joue pas n'a pas chance de réussir. Aussi, voyez quelle importance on accorde aux gens de théâtre. Les journaux disent, par aventure, quelques mots des livres nouveaux : cent lignes par-ci par-là ; mais chaque jour ils donnent deux colonnes, et chaque semaine un considérable feuilleton, au théâtre.

L'Europe est instruite des moindres péripéties de l'existence accidentée de mamzelle X..., — et du ténor Z..., et du baryton X..., et de tel jeune premier auquel il reste encore sept dents non aurifiées et une douzaine de cheveux !

Qu'adviendrait-il si, par malencontre, on ne rapportait pas que Margoton est engagée de ce matin aux *Fantaisies-Lyriques* et que Madelon fait les délices des *Fantaisies-Comiques*, et que Monsieur Saint-Quelque-Chose dévore une tranche de rosbif avant d'entrer en scène ?

Il faut décrire la galerie de tableaux de celui-ci, énumérer les décorations exotiques de celui-là, faire le décompte des bonnes fortunes du troisième, — estimé des vicomtesses !...

On se passionne à ces menus suffrages, dont les Parisiens de la décadence se délectent plus que de tout au monde, et le moindre « cabotin » est plus réputé, je vous assure, que tel savant de premier ordre qui sera une des gloires de ce misérable siècle.

*
* *

Nous avons la manie d'exagérer à outrance, et nous, les fanfarons de scepticisme, qui prétendons à la supériorité blasée des indifférents, nous accordons une importance extrême à des personnages qui n'ont, en somme, que le privilège de nous désennuyer. Nous sommes des naïfs.

Qu'un comédien quitte Londres, et vienne flâner à Paris un jour ou deux, pour humer l'air des boulevards et se désinfecter du charbon britannique, il trouve aussitôt un historiographe qui se met à sa piste, et relate ses faits et gestes, minute par minute, comme s'il s'agissait d'un potentat.

Et vite ! on apprend aux populations ahuries que l'éminent artiste est venu donner une poignée de main au célèbre homme d'État qu'il honore de son amitié ; Égérie-mâle de ce Numa Pompilius obèse, qui veut avoir avec Bonaparte cette ressemblance étrange de hanter son Talma. Et ce serait Talma...

Mais ce n'est que Mascarille, honnête comique de Molière, fort amusant sur les planches, bourré de talent en son métier, très-applaudi sous le chapeau de Tabarin, la souquenille de Scapin, la veste de Figaro, — et qui prêtera bien davantage à rire s'il s'avise jamais d'entreprendre le rôle d'un homme politique, — hors du théâtre. Et vous verrez qu'il y viendra.

Sous la Révolution — la grande ! — il y eut un comédien qui se vengea des bordées de sifflets dont on l'avait salué, en faisant couper beaucoup de têtes.

Collot d'Herbois, mauvais acteur, acquit un renom sinistre, pour n'avoir pu conquérir la renommée qu'il ambitionnait. Si le reportage eût existé de son temps, il n'eût point déserté ses tréteaux. On le privait d'éloges, il fit couler assez de sang pour que son nom égalât celui des plus fameux bourreaux. La tragédie l'avait mis en goût de cruautés — ce raffinement suprême des voluptueux.

Si bien que cet homme, qui avait tant fait rire, et qu'on sifflait, fit trembler d'épouvante ceux qui riaient, et tua ceux qui sifflaient, ce qui fut une réponse péremptoire aux critique de son temps, ce qui donne à méditer aux critiques du nôtre, pour doux et bienveillants qu'ils soient.

La Commune eut son Collot d'Herbois : un pauvre

diable, — Lisbonne, — je crois, — qui aimait le galon, et
en fourrait jusque sur sa chemise.

* *

Je ne crois pas qu'il y ait parmi nos comédiens des politiques sanguinaires. J'ai le plaisir d'en connaître quelques-uns, et j'ose espérer qu'ils ne feront jamais trancher
le cou à personne. Mais il se trouve que tous ceux que je
connais sont des républicains *di primo cartello*, et j'en ai
de l'inquiétude. Car, enfin, pourquoi cette opinion est-elle
préférée de messieurs les comédiens ?

Est-ce parce qu'ils vivent en familiarité avec les Brutus
et les Catilina de l'ancienne Rome ? Est-ce une question
de costume : toge et cothurne ? Ne serait-ce pas plutôt un
reste de ressentiment contre l'ostracisme dont ils étaient
frappés dans l'ancienne société française, qui ne les admet-
tait point comme la société contemporaine ?

Quoi qu'il en soit, ce qu'on veut bien appeler *nos institutions nouvelles* compte de zélés défenseurs dans les coulisses, et ce n'est un mystère pour personne que ces mêmes
coulisses ont des attraits particuliers pour quelques-uns des
illustres patrons de la plus aimable des Républiques.

On va même jusqu'à gloser des conseils que donne tel

comédien de haut parage à tel politicien de haute école, qui les reçoit volontiers ; on dit aussi que l'influence de l'un est plus puissante sur l'autre que ne l'était peut-être celle du bonhomme Sully sur Henri IV.

C'est à merveille ! Les augures ne riraient jamais, s'ils n'avaient la ressource de se rencontrer parfois. Mais le prestige des gouvernants est passablement aventuré lorsqu'il se lie au prestige d'un homme que le premier imbécile venu a le droit, pour son argent, de bafouer d'un coup de sifflet.

*
* *

Il faut avouer, mon cher Rubempré, que nous étions destinés à voir les choses les plus étonnantes !

Rappelez-vous que la France a été gouvernée par des ministres nommés Suger, Commines, Georges d'Amboise, Duprat, l'Hôpital, Guise, Sully, Richelieu, Mazarin, Colbert, Louvois, Fleury, Villèle, et considérez quelle est la monnaie de ces pièces d'or !...

Je ne parle pas des rois auxquels succède Monsieur Jules Grévy : il est enseigné aujourd'hui que Charlemagne, Philippe-Auguste, saint Louis, Charles V, Louis XI, François Ier, Henri IV et Louis XIV ne furent que des tyrans oppresseurs, incapables d'exercer le pouvoir.

En revanche, m'sieu Coquelin, qui va jouer le Louis XI du *Gringoire* de Théodore de Banville, sera quelque jour le Richelieu de Monsieur Gambetta, qui pourra par la même occasion faire de M. Gil-Naza son Mazarin : les costumes sont tout prêts.

La régénération républicaine avance donc à grands pas : il suffit, pour le constater, de comparer le présent au passé, et... je ne vous en dis pas davantage.

*
* *

L'égalité est certainement une des plus fécondes inventions de l'heureuse période où Collot d'Herbois partageait la souveraine puissance avec les Robespierre et les Danton. Toutefois, il n'en faudrait pas abuser, et tant que nous ne serons pas soumis à l'anarchie, peut-être serait-il convenable de laisser chacun à sa place.

Il me plaît infiniment d'admirer les comédiens jouant la comédie, et comme leur art exige un travail constant, une étude soutenue, je crains qu'ils n'y progressent guère, s'ils accordent trop de temps à l'élaboration des lois, à la triture des traités de commerce, à l'examen des questions de libre-échange, d'impôt, de finances, de douane et de chemins vicinaux.

Et par surcroît, les uns font de la sculpture, les autres du journalisme. C'est à détraquer le meilleur entendement ! Il ne manque plus que de voir des évêques chanter l'opérette, des généraux entrer au corps de ballet, des avocats sauter sur la corde, — et des ministres donner la réplique à Sganarelle...

HEUREUSE
COMME UNE REINE

A Monsieur HENRY DE PÈNE

Un jour, devant le cercueil d'un grand roi de France,
un grand orateur chrétien laissa tomber de ses lèvres ces
paroles, qui parurent audacieuses aux courtisans :

« Dieu seul est grand ! »

C'est la pensée qui vient à l'esprit, au moment où la
foudre qui est entre les mains de Dieu frappe quelqu'un
de très-haut et de très-auguste. On ne s'attend point au
coup de tonnerre : le ciel est si pur, l'azur si limpide ! Et
voilà que cette sérénité splendide est troublée tout à coup
par un cataclysme, d'autant plus effroyable qu'il était
imprévu...

En présence de l'affreux malheur tombé sur une famille

souveraine, qui a donné deux empereurs à la France et des rois à la moitié de l'Europe, on est saisi de terreur et de pitié.

Vous avez, Monsieur, exprimé cette terreur et cette pitié avec l'éloquence admirable et la noble loyauté de langage des gentilshommes du temps qui n'est plus, car vous gardez, comme eux et malgré tout, le respect du passé, des traditions éteintes, et surtout des majestés de la souffrance et de l'exil.

Votre premier cri a été un élan du cœur vers la noble femme subitement frappée dans les plus ardentes tendresses de son âme. Si je me permets, à cette heure, de joindre ma parole à la vôtre, c'est qu'il est doux parfois d'oublier dans l'attendrissement d'une douleur sincère les sarcasmes amers d'une polémique à outrance.

Et d'ailleurs n'ai-je rien à dire sur cet événement funeste qui retentit dans le monde ? Il contient de terribles leçons, que peut-être on ne voudra point recevoir, parce que c'est aujourd'hui la folie des hommes que de se rebeller contre tout ce qui leur rappelle l'action divine sur leur destinée. On se révolte contre les enseignements du passé, transmis par l'histoire : on se refuse à voir que la Providence conduit tout et dispose toutes choses, et que les combinaisons merveilleuses enfantées par les illustres politiques échouent misérablement contre un de ces coups inattendus qui changent et transforment toutes les prévisions humaines !

Qui donc aurait prévu le sort du jeune Prince, héritier de ce grand nom de Napoléon, et auquel fut épargné, du moins, le périlleux honneur d'être appelé, comme le second de sa race, ROI DE ROME, et de mourir étouffé sous ce titre qui n'appartient plus à César, mais à Pierre ? — Sa naissance fut saluée des acclamations d'un peuple transporté d'allégresse, et dont il fut quelque temps l'idole. Son enfance fut joyeuse : il se sentait aimé ; on lui montrait, dans un lointain avenir, la couronne impériale qu'il devait ceindre un jour. Il grandissait au milieu d'une cour aussi brillante, par le faste et l'étiquette, que celle des anciens monarques français, mais où ne régnaient point leur calme sécurité et leur sereine certitude. L'impérial enfant put entendre plus d'une fois répéter le mot fatal de Salvandy : « Nous dansons sur un volcan. »

Le volcan éclata, et l'éruption fut épouvantable. La France était envahie, l'ennemi aux portes de Paris, tout semblait perdu : la colère des foules ne calcule pas.

Aux débris amoncelés par la guerre, on ajouta les débris du trône, comme plus tard aux ruines faites par le canon prussien s'ajoutèrent les ruines faites par la torche révolutionnaire.

Alors cette femme, heureuse jusque-là, disait-on, — heureuse comme une reine ! — chercha vainement autour d'elle un de ces chevaliers qui venaient à ses fêtes et lui baisaient la main. Elle ne trouva qu'un seul serviteur : un fidèle, qui la conduisit à un de ces fiacres, où les rois ne montent qu'une fois dans leur vie : le jour où ils sont détrônés ! Et le pauvre enfant, qui perdait à la fois couronne, fortune, grandeur, vint rejoindre sa mère sur la terre anglaise, où son père devait mourir, et dont le chef de sa race avait reçu, jadis, l'hospitalité qui se traduit par ces deux noms : Hudson Lowe et Sainte-Hélène !

Au temps où, dans la splendeur de sa cour, l'Impératrice éblouissait Paris et la France de sa beauté, de sa grâce, de sa générosité, elle aimait, assure-t-on, à témoigner d'un culte respectueux pour l'infortunée Marie-Antoinette, à laquelle on voulait par flatterie qu'elle ressemblât. Hélas ! la ressemblance est venue dans le malheur.

Comme la reine de France, elle est détrônée ; comme elle, veuve ; comme elle, séparée de son fils. Et si l'échafaud lui est épargné, elle a, de plus que la fille des Hapsbourg, la douleur inconsolable de survivre à son enfant.

Maintenant la voilà seule au monde, exilée, avec la rancœur amère d'être désormais étrangère à ce peuple sur lequel elle régna, et qui l'adulait ! Elle est seule, frémissante dans ses voiles de deuil, entre deux tombes, où dorment pour l'éternité toutes ses amours et toutes ses espérances. Elle est seule, assistant de loin à nos luttes, à nos déchirements, et ne pouvant plus donner à nos angoisses qu'une stérile pitié, alors que, PEUT-ÊTRE...!

Heureuse comme une reine ! Quelle mère oserait encore proférer ces paroles menteuses ? Quelle mère échangerait sa misère contre cette grandeur ? Le diadème est d'or, mais il couvre une couronne d'épines et son poids en enfonce les pointes acérées dans le front saignant de la souveraine...

Et LUI, pourquoi est-il parti ? Pourquoi a-t-il quitté sa mère, au lieu de vivre dans la pénible oisiveté de l'exil, et dans la tranquille nonchalance d'un jeune homme de son âge, à qui l'on ne demande rien, que de savoir attendre et de ne pas escompter l'avenir ?

Ah ! Monsieur, c'est que la France oubliait ses antiques traditions de respect pour le malheur, et qu'au lieu de se montrer généreuse et clémente, elle s'acharnait sur l'ennemi renversé. On n'avait point compassion de ce prince, encore adolescent, et qui n'était coupable que de porter un nom détesté de quelques-uns.

Coupable ? Oui. Ceux-là mêmes qui s'élèvent contre l'hérédité de la noblesse, c'est-à-dire de l'honneur, de la vertu, des services rendus et des mérites acquis, ceux-là font peser sur les fils la responsabilité des fautes du père, et l'on chassait Napoléon IV tout simplement parce qu'on avait chassé Napoléon III.

Alors ce fut, vous le savez, un débordement de pamphlets, de chansons ordurières, de caricatures stupides, d'injures venimeuses, qui s'étalaient impunément, car ce n'était qu'une femme et qu'un enfant qu'on insultait ! Les moqueries, les quolibets et les brocards pleuvaient de tous côtés. Nargue la dignité ! Vélocipède IV, le petit Badinguet, Oreillard, voilà quels traits spirituels inventaient les journalistes ; et des artistes plus soucieux de gonfler leur escarcelle que d'arriver à la gloire enchérissaient sur ces idiotes rengaînes, ébauchant d'un crayon veule de méchantes images où l'odieux le disputait au grotesque.

Que répondre à ces plates rancunes, s'exhalant en railleries ineptes, mais d'un effet certain sur la multitude qui aime à rire, et qui rit parfois d'un malheureux qui se noie ou d'une femme qu'on écrase dans la rue ?

Le prince comprit que le prestige s'attache aux actions d'éclat, et que ces fous de Français applaudiraient plus volontiers une aventureuse équipée qu'une sage persistance dans la retraite. Il vit qu'il inquiétait, qu'on épiait ses mouvements, et qu'un jour ou l'autre il faudrait mener l'existence errante des prétendants, promenés de royaume en royaume. Il voulut payer à l'Angleterre l'hospitalité que l'Angleterre accordait aux cendres de son père. Il partit. Il partit inopinément, sans bruit, comme un conscrit qui rejoint son régiment. Puis il fit son devoir de soldat, et il eut pour récompense la mort du soldat, frappé sur le champ de bataille.

Et tout finit là.

L'histoire est courte. Elle est tragique, elle est belle. On peut faire en peu de mots l'épitaphe de ce prince : « Il naquit, souffrit et mourut. » La sagaie des Zoulous a parachevé l'œuvre des caricaturistes parisiens, mais la victime est vengée : l'honneur est sauf.

Cette gloire, cette pompe, cet éclat, les vingt années d'empire, les victoires de ses premières guerres, les rayonnements de ce nom qui fut un moment le plus illustre en Europe, la jeunesse, la noblesse d'âme, les sublimes espoirs, les douleurs secrètes, les fiertés maternelles, tout cela —

tout ! est enseveli là-bas, sur un coin de la terre d'A
frique, et il n'en reste rien que l'impérissable souvenir !

Et la mère contemple ce désastre, abîmée dans son désespoir, n'ayant plus qu'une pensée : revoir la triste dépouille
de celui qu'elle a tant aimé ; et mettre au front de son fils
le dernier, le suprême baiser de l'éternel adieu !

C'est vers un autre exilé que se portent mes hommages,
et mes sentiments de fidélité ne vont point, Monsieur, aux
successeurs de celui qui fut un *soldat heureux*. Je ne perds
donc point une espérance, et ce ne sont point mes préfé-
rences qui sont meurtries. Mais, en vérité, lorsque je considère, des hauteurs où l'esprit se dégage de toute préoccupation immédiate, l'effondrement instantané d'une dynastie, je ne puis m'empêcher de trembler, en songeant aux
lois mystérieuses qui régissent les sociétés humaines — et
aux redoutables moyens que la Providence, parfois, se
plaît à employer pour déconcerter nos habiletés et nos manœuvres. L'inconnu gouverne tout, et rien n'est impossible.

Que parle-t-on de stabilité, et que peut-il y avoir de
définitif ? Présomptueux que nous sommes !

Demandez à la Désolée que vos révolutions éphémères
ont privée de son époux, de son fils, de son trône, ce
qu'elle pense maintenant de vos projets, de vos desseins,
de votre présent et de votre avenir !

LA REINE MARTYRE

---

15 octobre.

Après qu'il se fut enfui de Varsovie, où il régnait sur les Sarmates, pour venir en France régner sur les sujets rebelles qui firent la Ligue, inaugurant la guerre religieuse au sortir de la guerre de Cent ans, — car le Français est ainsi fait qu'il faut toujours qu'il batte quelqu'un ou lui-même, — Henri de Valois prit pour emblème deux couronnes royales, rappelant sa double royauté, mais il les enferma dans une couronne d'épines avec cette devise : *Manet ultima cœlo.*

⁎
⁎ ⁎

C'est au ciel, en effet, que la couronne est gardée, la seule dont les rois, comme les plus obscurs des chrétiens,

ne puissent être dépossédés ; et le véritable symbole de
ce lourd fardeau, — le gouvernement des hommes, — et de
cette suprême dignité, qui est une émanation de la souveraineté divine, — est bien vraiment ce diadème d'épines,
sous lequel saignent tous les fronts royaux !

On en ceignit un jour la tête du Christ, en le saluant du
titre royal, dérisoirement, et depuis lors il semble que la
couronne soit devenue l'instrument d'un supplice, et qu'elle
écrase ceux à qui l'impose la volonté d'en Haut.

Voici plus d'un siècle que pas un roi de France n'est
mort en France, hormis Louis XVIII, deux fois envoyé
en exil.

Louis XVI, assassiné juridiquement ; Louis XVII, sup-
plicié par des monstres, Charles X, Louis-Philippe, les
deux Napoléon, morts sur la terre étrangère : voilà ce que
nous faisons de nos rois !

Nous sommes un peuple incorrigible : si Jésus s'incarnait
une seconde fois et venait régner chez nous, le peuple s'in-
surgerait encore ; la loi de l'Évangile étant parfaite, il ne
la supporterait point !...

*
* *

Il y a, au palais des Archives Nationales, dans une
vitrine, un vieux chiffon de papier, qui est le témoin de la

plus déshonorante lâcheté que jamais les Français aient commise, — eux qui, pourtant, ont la plus belle histoire du monde, et celle, peut-être, où il y a le moins de lâchetés !...

C'est un papier jaunâtre, sali, mouillé de grosses larmes encore apparentes, couvert d'une écriture incorrecte, écrit tout entier de la main d'une reine, et paraphé d'un nom hideux : *Fouquier*... Fouquier-Tinville !

C'est la lettre de Marie-Antoinette, veuve du roi de France, à sa sœur Elisabeth ; le testament d'une femme plus pauvre et plus misérable, alors qu'elle l'écrivit, peu d'heures avant sa mort, que ne l'était la plus humble des mendiantes de son royaume, quand elle régnait encore dans tout l'éclat de sa beauté, dans la pompe de sa majesté, éblouissante de grâce, heureuse et adorée, sur ce peuple français qui, maintenant, insulte à sa lente agonie.

En voyant cette lettre sublime, où la mère dit adieu à ses enfants, où la martyre pardonne à ses bourreaux ; — en le voyant, ce précieux souvenir d'une terrible iniquité ! — dans une salle où sont conservés, — trésors que l'Europe nous envie, — les documents écrits de notre histoire, depuis le vi⁰ siècle jusqu'à nos jours , — d'orgueilleux que l'on était en touchant du regard la signature de Charlemagne et celle de saint Louis, on devient tout à coup honteusement triste, et l'on n'ose plus parler de gloire ni de grandeur !

Ces larmes, sur ce méchant papier, sont un sceau de réprobation, et l'on s'enfuit sans plus regarder les chartes que les ancêtres de Louis XVI scellaient du pommeau de leur épée, et qui étaient la loi de l'Europe.

*
* *

Je la voyais hier encore, cette lettre accusatrice, et, la relisant mot à mot, j'évoquais les péripéties émouvantes du drame qui ensanglanta la fin du siècle.

Et les événements se déroulaient dans ma mémoire, si étranges, si formidablement tragiques, si inconcevables dans leur horreur, que je croyais rêver...

Ces massacres, ces fusillades, ces bannissements, ces incendies, ce règne fantastique de la Terreur, cette folie du sang transformant en bourreaux ces mêmes Français qui avaient eu la folie de la croix, — oui, vraiment, c'était un rêve !...

Mais il y avait là cette lettre, et les empreintes de ces larmes, les dernières larmes d'une reine !

*
* *

Il n'y a pas encore cent ans que ces choses furent accomplies. Des hommes vivent encore, qui ont pu voir couler le sang de Marie-Antoinette, ou dont les pères ont été les témoins de ce crime funeste.

La Révolution a réellement fait cette œuvre : un pays entier, livré pendant plusieurs années aux fureurs de la guerre civile, aux combats dans la rue, aux proscriptions, à la délation, aux massacres, à la guillotine en permanence, aux noyades, aux supplices.

Et cette Révolution a coûté la vie à plus d'un million d'hommes ! Et le peuple a supporté cette tyrannie, bête à la fois et odieuse, qu'une poignée d'assassins faisait peser sur lui. Et, — perversion abominable du sens moral ! — il se trouve des hommes pour glorifier l'audace inouïe de ceux-ci, et la pusillanimité de celui-là...

Le 16 octobre 1793, Marie-Antoinette de Lorraine, fille et sœur d'empereur, veuve de roi, mère de roi, montait sur l'échafaud à l'endroit même où se dresse, au milieu du fastueux Paris, le caillou égyptien qu'il faudra, quelque jour, abattre, et remplacer par un calvaire d'expiation.

Des trois cent mille hommes qui vinrent se repaître de

cette royale agonie, les seuls qui témoignèrent du respect à la victime furent le bourreau et ses valets : on les payait pour couper les têtes ; ils gardaient le droit de ne point insulter les morts.

*
* *

Le couteau de la guillotine délivrait Marie-Antoinette du pire supplice : la vie.

Depuis de longs mois, abreuvée d'outrages, d'ignominie, de douleur ; séparée de son mari, de ses enfants ; traitée par ses geôliers civilisés avec une brutalité sauvage digne de cannibales ; calomniée dans son honneur de reine, dans son orgueil de Française, dans ses entrailles de mère ; crucifiée chaque jour, à chaque minute, dans une agonie de douze mois ; jugée par des imbéciles féroces, qui ne lui permirent pas de se défendre ; ayant bu jusqu'à la lie le calice d'amertume, la reine dut être heureuse de mourir.

*
* *

Mais sa condamnation est un opprobre dont nous portons la honte, une *faute* — notre langue est une gueuse à qui on ne fait pas assez l'aumône ! — une FAUTE, dont nous subissons les conséquences. Il semble qu'une malédiction pèse sur la France depuis cette année d'horreur qui vit une race royale périr sous la main de Samson.

Depuis lors, dix-neuf ou vingt gouvernements ont déchiré l'unité française et nous ont précipités dans l'anarchie des partis. Comme les maçons de la Tour de Babel, nous avons la confusion des langues, et bientôt il ne nous restera plus qu'à nous disperser. Le sang des innocents crie vengeance vers le Ciel.

Demain, les fidèles du malheur, les courtisans de la majesté tombée se presseront au pied de l'autel, à l'endroit même où le fossoyeur Jolly enterra dans une bière de six livres celle qui avait été la reine de France, et que ses sujets rebelles, lui rendant sans le savoir un hommage magnifique, saluaient du nom auguste de veuve Capet.

Depuis sept cent ans, de père en fils, les Capet tenaient le trône, de par la grâce de Dieu et la volonté du peuple. Ils l'avaient mené, ce peuple, aux croisades saintes ; avec lui, ils avaient battu l'Allemand, l'Anglais, le Turc, l'Espagnol, l'Italien, tous les ennemis qui voulaient faire de la France une proie.

D'un petit État ils avaient fait un grand royaume, si grand que Victor Hugo a pu, sans que l'on en rît, mettre cette hyperbole daus la bouche de Charles-Quint :

> Si j'étais Dieu le Père, et si j'avais deux fils,
> Je ferais l'aîné Dieu : le second, roi de France !

Les Capets mélangeaient le sang de leurs veines au sang de toutes les races royales, — ils en étaient les chefs.

Ils s'appelaient Robert le Pieux, Philippe-Auguste, Louis le Lion, Louis le Saint, Charles le Sage, Louis XI, Henri le Grand, Louis le Juste, Louis XIV... Et ce nom de Capet, donné par dérision, était une reconnaissance de l'incomparable noblesse des princes qui le portaient !... Une veuve Capet ne pouvait être que reine de France.

*
* *

Le douloureux anniversaire célébré le 16 octobre à la Chapelle Expiatoire amène avec lui un enseignement et une espérance.

Que les Bourbons soient revenus, rois acclamés, après le meurtre de Louis XVI, de Marie-Antoinette, de Madame Elisabeth, du dauphin ; après ces massacres où périrent plus d'hommes du peuple que de prêtres et de seigneurs ; après ces guerres contre l'Europe coalisée pour détruire un foyer de pestilence ; après les singeries ridicules du Directoire ; après l'Empire, qui passa, météore splendide,

broyant tout sur son passage, — c'est un de ces événements par lesquels la providence de Dieu se plaît
à confondre l'intelligence, la sagesse et la raison humaine.

C'était impossible, et ce fut.

Aujourd'hui encore on dit : C'est impossible !

Qui sait ?

LE MARIAGE

A Monsieur Alexandre DUMAS,

de l'Académie française.

Me voici bien embarrassé, Monsieur, car je me prépare
à enfoncer une porte ouverte : nous pensons de la même
façon, en effet, sur le sujet que je prétends effleurer, — il
faudrait plusieurs in-folios pour le traiter à fond. — Il ne
s'agit donc pas de discuter une question trop grave pour
ma légèreté et d'un ordre trop supérieur pour amuser,
mais simplement d'exposer quelques-unes des vérités de feu
Monsieur de la Palisse, lequel fut, en son temps, un brave
homme pas du tout naïf.

*
* *

Il n'est pas que vous n'ayez remarqué, Monsieur, l'infériorité de notre littérature, qui tourne perpétuellement dans le même cercle. Ayant à choisir dans les sept péchés capitaux, elle se contente du plus grossier ; dans la collection variée des innombrables passions humaines, elle ne voit et n'observe toujours que la même, poétiquement dénommée l'*amour* par les poëtes, les dramaturges et les romanciers, et dont le véritable nom, moins parfumé et moins élégant, est le *libertinage*.

Une des formes de l'appétit des sens, que notre littérature analyse le plus volontiers, c'est l'adultère, qui nous a valu ce type ridicule, mais immortel : Georges Dandin. Il semble qu'on ne puisse mettre autre chose dans le livre et sur la scène.

On a constamment la préoccupation du mari trompé, de la femme infidèle, de l'amant heureux ou pourchassé. Le plus souvent le mari est sacrifié, l'amant revêtu de toutes les grâces, et la femme brillamment justifiée. Cela tient au caractère français, qui méprise Messaline, sans doute, mais qui l'admire et la courtise. Il n'est jamais permis de condamner une femme criminelle : ce serait contraire à notre galanterie traditionnelle.

* *
*

Notre littérature est donc inférieure, puisqu'elle se sert toujours des mêmes moyens et cherche toujours le même but. Dans les pays où le divorce existe, qu'importe l'adultère ? Il est peut-être plus rare, où il devient légal. Qu'importe le mariage à qui peut divorcer deux fois par an, pendant toute sa vie ? Et pourquoi s'exposerait-on aux inconvénients de l'adultère, alors qu'on peut le commettre impunément, avec la permission de la loi ?

Nous voyons cela en Angleterre, comme nos pères l'ont vu pendant la Révolution.

Assurément le divorce n'est pas un remède pour Georges Dandin.

Et si, dans quelque mille ans il ne restait d'autre trace de la civilisation française au dix-neuvième siècle que nos pièces de théâtre et nos romans, les Français de ce temps-là auraient de nos mœurs une opinion singulière :

« Nos pères, — se diraient-ils en lisant *Madame Bovary*, *l'Affaire Clémenceau*, *Fromont jeune*, *la Curée*, voire ce qui resterait du vicomte de Montépin, — nos pères passaient leur vie à se voler mutuellement leurs femmes, nos aïeules occupaient leurs jours et leurs nuits à prendre et à quitter des amants, et tout bon ménage en 1879 se composait de deux hommes et d'une femme, ou de deux femmes et d'un homme, ne formant qu'une seule chair. »

*
* *

Il n'en est pas tout à fait ainsi, grâce à Dieu !

Mais s'il est vrai que le théâtre fasse les mœurs, nous y viendrons tôt, car tout Parisien du boulevard, qui hante les théâtres, se prendrait lui-même en pitié s'il n'avait la conviction que toute femme, fût-elle Chloë, fût-elle Baucis, ou Lucrèce, ou Pénélope, est prête à jouer pour ses beaux yeux le rôle de madame Putiphar.

La femme qui prend un amant ne se donne presque jamais par amour, mais le plus souvent par intérêt, par dégoût, par désœuvrement, par faiblesse, par vanité. Il n'y a que les naïfs qui croient à l'amour d'une femme mariée ; les don Juan sont de l'avis du Camors d'Octave Feuillet, et quand leur maîtresse adultère prononce le fameux : « Ah ! tu me méprises ! » ils répondent par l'exclamation vengeresse : « Parbleu ! »

Il ne faudrait pas nier, pourtant, que l'adultère n'ait pénétré dans nos mœurs ; aujourd'hui, c'est chose vulgaire, et ce crime social fait vivre un demi-cent de reporters.

Les journaux content chaque jour quelque nouveau scandale ; récemment encore, la presse a retenti d'un double meurtre suivi d'un suicide et d'une vilaine histoire de cocher. Des chroniqueurs célèbres ont chanté des lamentations sur cette épidémie, utilisant une fois de plus le vieux cliché : *Encore un drame conjugal.*

*
* *

Êtes-vous, Monsieur, de ceux que l'adultère étonne démesurément ? Non, puisque vous l'étudiez en y cherchant un remède — et je crains que ce remède ne soit à vos yeux le divorce, consécration officielle et légale de l'adultère et du concubinage. Il est malheureusement certain que ce crime se perpétuera et s'étendra comme une plaie, car nos mœurs, nos lois mêmes — le protègent.

Comment voulez-vous que l'adultère ne devienne pas un fait normal, étant donnée l'idée que nous avons du mariage ? Et c'est de quoi, si vous le voulez bien, je vais avoir l'honneur de vous entretenir.

*
* *

Il ne m'appartient pas de traiter le mariage au point de vue religieux : ce sont là matières graves, et qui veulent être soutenues de l'autorité d'un nom. Mais je suis catholique. J'ai la foi, et si vous ne l'avez point, vous regrettez de ne l'avoir point et la respectez chez autrui. Ce que je vais vous dire ne vous semblera donc pas surprenant.

Eh bien ! si le mariage est devenu ce qu'il est dans la société moderne, c'est qu'on l'a « sécularisé » : *le mariage est un* SACREMENT, on a voulu en faire, je peux dire qu'on en a fait un CONTRAT.

Or un *contrat* est une chose convenue et *consentie* entre deux parties, mais avec cette restriction que si le consentement *fait* le contrat, la cessation du consentement le *dissout*. Le mariage étant indissoluble, non-seulement de par la loi de Dieu, mais de par la loi naturelle, ne peu donc pas être un contrat.

Quand on se marie, il y a un acte pour régler les intérêts matériels, une inscription civile pour constater le mariage et produire des effets civils, et enfin un acte religieux pour bénir le mariage au nom du Créateur qui l'a institué. Les époux sont eux-mêmes les ministres du sacrement, le prêtre n'en est que le témoin.

C'est vous dire, Monsieur, que je n'accepte point le mariage civil, et que la cérémonie présidée par M. le maire, à mes yeux, n'a que la valeur d'une formalité à laquelle je suis soumis et que je subis. Le mariage civil est pour beaucoup de gens un concubinage légal ; il n'est pas encore entré dans nos mœurs, du reste, et je défie qu'on trouve en France plus de cent jeunes filles qui se contenteraient du bizarre : « Au nom de la loi, vous êtes unis ! »

*
* *

Dans l'ancienne société française malgré les abus éternels qui ressortissent à la faiblesse humaine, le mariage était respecté, au moins en doctrine. On se mariait jeune : on avait beaucoup d'enfants, on les élevait chrétiennement ; le père et la mère étaient honorés de leur lignée ; bref, la famille, — cette magnifique institution que nous sommes en train de républicaniser, de détruire par conséquent, — existait dans sa tranquille majesté et constituait la base de l'état social.

Aujourd'hui le mariage n'est plus considéré comme un sacrement. Vous savez comme il se fait ! On se marie le plus tard possible, — du côté des hommes, — un peu parce que la femme est un objet de luxe, beaucoup parce qu'on veut d'abord jouir de la liberté du célibataire. On se croit le droit de séduire les femmes de ses amis, puis l'on se fâche, plus tard, quand autrui vous fait... ce que vous lui faisiez.

Georges Dandin a été don Juan, et il ne veut pas que

don Juan fasse la cour à madame Dandin. Le talion n'est-il pas de droit naturel ?

*
* *

Le mariage est l'union légitime que l'homme et la femme contractent ensemble pour avoir des enfants...

Ah ! Monsieur, que cette définition fait sourire les gens ! Et tout est là, je vous assure, et tout mariage qui n'est pas celui-là est l'antichambre de l'adultère.

Des enfants !... Cela coûte cher, cela donne des fatigues, des soucis, des chagrins ; cela divise la fortune ; cela empêche Madame d'aller au bal, et Monsieur de voyager ; pourquoi des enfants, que Madame ne nourrira pas et que Monsieur élèvera mal ?

A-t-on le temps de s'occuper d'enfants avec la politique, les courses, les visites, les soirées, le théâtre, l'Opéra, le sport, le monde ? Et, dira le bourgeois calculateur, est-il si amusant de travailler comme un nègre pour élever des enfants, alors que mon existence est agréable et bien ordonnée si je n'en ai point ?

On se marie donc pour une foule de raisons, desquelles il n'en est pas une qui soit celle de la loi évangélique.

On épouse une femme pour sa beauté, pour sa dot, pour

sa parenté, pour les soins qu'on en attend, parce qu'on est vieux, parce qu'on est las, parce que le mariage est un endosseur.

On épouse un homme par gloriole, par vanité, par envie de liberté, parce qu'on sera Madame, parce qu'on veut n'être plus Mademoiselle, parce qu'on ne veut pas rester fille et qu'on veut faire enrager ses petites amies en prenant le pas.

On s'est vu trois fois, ou vingt fois ; on ne se connaît pas ; on ne s'est inquiété que des apparences ; on ne s'est occupé ni de la santé, ni du caractère, ni des précédents, ni du passé, ni de l'avenir ; on a pris conseil de son ambition, de sa cupidité : les apparences, pourvu qu'elles soient brillantes, suffisent.

Parfait ! tout est pour le mieux. Le lendemain de ses noces, Madame offre à Monsieur ses mémoires de jeune fille, et monsieur court au palais de Justice demander sa séparation, car il apprend que sa femme est plus perverse mille fois que la pire prostituée du ruisseau.

Ou bien Monsieur se voit menacé d'une paternité à courte échéance, et s'aperçoit qu'il est devenu l'éditeur responsable d'une faute. Ou encore *Mademoiselle Giraud* lui ferme au nez la porte de la chambre nuptiale.

D'autre part, c'est le mari qui disparaît en emportant la

dot, file en Amérique et ne revient plus ; c'est le mari qu'on vient arrêter au beau milieu de la lune de miel et que la cour d'assises envoie pour vingt ans aux travaux forcés ; ou, si vous voulez, le mari devient fou au bout d'un mois de ménage.

Et je ne parle pas des incompatibilités d'humeur, des mille secrets qu'on a soigneusement cachés, et qui se découvrent quand le malheur est irréparable.

*
* *

Voulez-vous pour cela rétablir le divorce ? Si le mariage avait été prudemment préparé, moins lestement conclu ; si vous aviez eu moins hâte de palper les écus ou d'accaparer un gendre ; si vous aviez étudié davantage le cœur et moins admiré le corps ; si vous aviez, en un mot, cherché le mariage chrétien, le vrai, le seul, toutes ces horribles déceptions vous eussent été épargnées.

Certes ! me direz-vous, Monsieur, rien n'est plus vrai ; mais la société est faite ainsi et vous n'y changerez rien. Qui sait ?

Je voudrais qu'une bonne fois le divorce fût rétabli, pour démontrer une fois de plus que le remède est pire que le mal. Et je voudrais surtout que nos écrivains — dont vous êtes, Monsieur, — vous doublement illustre par votre père et par votre œuvre propre, l'un des chefs — que nos écrivains, dis-je, entreprissent de *corriger les mœurs en faisant rire*, selon la devise du théâtre et du roman.

C'est sur ce point que je veux établir une thèse dont cette lettre, assurément trop grave, est seulement la préface. Mais avant d'examiner l'adultère tel qu'il est analysé au théâtre et dans le livre, et par vous principalement, Monsieur, dans quelques-uns de vos retentissants ouvrages, il m'a paru nécessaire d'établir que si l'adultère existe, c'est la faute du mari, de la femme, de la belle-mère et de Monsieur le maire aussi..., car l'adultère n'est que l'effet inévitable du mauvais mariage, et le mauvais mariage est une habitude — j'allais dire une nécessité — de nos mœurs.

LA PRINCESSE GEORGES

A Monsieur Alexandre DUMAS,

de l'Académie française.

J'ai toujours admiré, Monsieur, que les hommes, qui se montrent si sévères pour la femme adultère, soient si indulgents pour l'adultère du mari. C'est qu'on en plaisante en petit comité comme s'il s'agissait d'une chose très-naturelle, et qu'on se moque volontiers de ces gens à scrupules trop délicats en leurs façons. Aimer sa femme est quasi ridicule ; on ose avouer seulement qu'on a de l'amitié pour elle, mais on se hâte d'ajouter que cela n'empêche nullement de profiter des occasions.

Je sais bien que l'adultère de la femme a des conséquences plus graves que celui du mari : on risque d'introduire·chez soi des enfants qui ne sont pas de la famille, et de leur faire partager une fortune à laquelle ils n'ont pas droit.

Si la femme de Pierre a Paul pour amant, elle peut ne plus savoir si son fils est le fils de Pierre ou le fils de Paul : c'est assurément très-ennuyeux. On vole son mari et ses enfants légitimes : or on a conscience de voler quelques sous ou quelques mille francs, mais on déshonore l'honnête homme confiant, et la conscience ne s'en formalise pas. C'est tout simplement monstrueux.

*
* *

Comment donc qualifierai-je l'acte du mari qui trompe sa femme ? Il y a là de quoi rire, n'est-ce pas ? Le joli moraliste que je suis de vouloir défaire ce que les plus spirituelles comédies de ce temps-ci font tous les jours ! Combien de gens se moqueront de ma pruderie, en lisant ceci — le lira-t-on ? — sur le boulevard, entre quatre et six heures ?...

A une représentation de *la Princesse Georges*, mon voisin murmura, au dénouement : « Ah ! bien, si on ne peut plus s'amuser maintenant !..... » Je gage que cet homme courait les filles de chambre.

Un mari qui prend une maîtresse me paraît aussi coupable

que la femme qui prend un amant. Ce qui différencie les deux fautes, c'est le résultat. Le résultat n'atténue jamais la faute, il ne peut que l'aggraver : il s'y *surajoute*, excusez ce mot barbare.

Ou le mari se permet ce qu'on appelle un caprice ou une « toquade », suivant la compagnie dont on est, et c'est alors le désir brutal qui domine et dompte l'être intelligent : cas pathologique assez honteux, convenons-en entre hommes.

Ou le mari se crée un second ménage, et, dans ce cas, il vole à sa femme légitime l'affection, la protection, le respect qu'il a donné sa parole d'honneur de lui garder — un *serment,* même par-devant le curé et le maire, vaut bien la *parole d'honneur* usitée au cercle ! — il vole à ses enfants légitimes la part d'amour paternel et la protection qu'il donne aux autres...

Bref, il vole à sa famille, la vraie, la seule, tout ce qu'il distrait de son cœur ou de sa bourse pour le porter à la famille de hasard qu'il s'est formée.

J'estime que la honte ineffaçable de Louis XIV est la légitimation de ses bâtards adultérins, et les parlements qui ont consenti à enregistrer cette violation flagrante des lois les plus sacrées, ne méritent qu'un mépris absolu.

Ou, troisième hypothèse, un mari s'amourache d'une

femme quelconque et lui fait la cour, comme le prince de Birac à madame de Terremonde, et il n'est alors qu'un fat vulgaire, préoccupé seulement de plaire à tous les porte-jupons autour desquels il papillonne. C'est un imbécile qui fait la roue, un libertin qui ternit ce qu'il touche, un larron d'honneur qui passe sa vie à commettre des trahisons.

*
* *

Croyez-vous, Monsieur, qu'il existe rien de plus vil, de plus odieux, de plus lâche que le type de don Juan? Je ne lui reconnais même pas le grandiose dans le crime. La petitesse du but détruit le sublime des moyens. Dépenser tant d'esprit, tant d'habileté, d'artifices, de mensonges, de roueries... jouer son honneur à pile ou face... galvauder son nom... gaspiller son argent... s'exposer à de si cruels châtiments, pourquoi?

Pour abuser d'une pauvre fille, pour séduire une soubrette, qu'on aura dix minutes à soi, et qu'on repoussera ensuite, en riant, avec le même dédain qu'un singe rejetant la coquille d'une noisette qu'il vient de croquer!

Le beau mérite vraiment! de commettre un crime dont l'impunité est assurée, que la société ne venge point et dont on peut se vanter...

On ruine le bonheur d'une famille entière, on détruit

le repos d'une malheureuse, on expose des enfants à juger leur mère, à mépriser leur père, et tout cela pour le
plaisir grossier d'un moment. En vérité, l'espèce humaine a
de quoi exalter son orgueil !

* *

Je suis donc, Monsieur, très-fort partisan de *la Princesse
Georges*, et j'approuverais absolument votre thèse, si vous
aviez eu le courage de la pousser à fond. Ce pardon du
dernier acte me paraît excessif.

Quel est le châtiment de ce mari, qui lâche sa femme
pour sa maîtresse et sa maîtresse pour sa femme, et qui
pirouette de l'une à l'autre, éperdu, subjugué par celle-là,
vaincu par celle-ci ? Le remords d'être la cause qu'un
« cocodès » a été tué pour lui ? La belle affaire !

On n'y regarde pas de si près, quand on braconne sur
les terres d'autrui.

La princesse, à mon avis, n'a pas plus le droit de pardonner que le prince ne pardonnerait, s'il surprenait sa
femme en conversation intime avec Fondette. Quelle garan-
tie a-t-elle pour l'avenir ? Quelle confiance lui peut inspirer
le misérable caractère de ce gentilhomme, prêt à sacrifier tout ce qui le fait gentilhomme pour une créature
effrontée, de tous points inférieure à la noble femme

qu'il abandonne? Çà, un grand seigneur? S'il en reste de ce calibre, je demande qu'on les déporte à Nouméa, pour remplacer les estimables hommes d'État qu'on est en train de nous ramener et qui nous diront sous peu: « C'est nous qui *sont* les princes ! »

*
* *

Le type du mari adultère, vous l'avez admirablement dépeint dans une comédie qui, heureusement ! n'est pas une scène de nos mœurs, *la Visite de Noces.*

Monsieur de Cygneroi est le modèle du genre: cet idiot luxurieux s'affole de la maîtresse qu'il a quittée dès qu'il la croit une courtisane. Enflammé d'une convoitise brutale, — j'allais dire bestiale ! — il est résolu, sur l'heure, à tromper la femme charmante qu'il a eu le cynisme de conduire dans cette maison, témoin de ses ébats. Elle est là, séparée de lui par une cloison : elle serre dans ses bras le doux petit enfant, qu'elle croit un gage de l'amour conjugal : et devant ces deux innocences, l'autre, insoucieux de la double existence qu'il va briser, propose un pacte d'infamie à l'ancienne maîtresse qu'il méprise.

Spectacle moralisateur, ce vous semble ? Vous me répondrez que le théâtre vit d'exceptions. *Monsieur Alphonse* n'en est pas une. Ce Cygneroi n'est pas une exception, c'est une pustule : quand on a le malheur d'être lépreux, on se cache !

*
* *

Où donc avez-vous dit, Monsieur, qu'il n'y a pour la femme que trois états : l'état de virginité, — l'état de maternité, — l'état de prostitution ?

Elle ne peut donc jamais être épouse ? Et si c'était vrai, pourquoi Dieu aurait-il institué le mariage ?

Ceux qui soutiennent ce paradoxe, qui est presque un sophisme, commettent une erreur volontaire, et sèment une théorie dangereuse. Ils ne veulent pas avouer qu'ils ne connaissent de la femme que l'être sexuel : où nous mettons de la passion, la femme ne voudrait que de la tendresse, et nous exigeons des sensations lorsqu'on ne peut nous donner que des sentiments.

L'homme qui ne recherche dans le mariage que le plaisir est un ignorant présomptueux. Ce n'est pas du mariage que Champfort aurait dit ce qu'il a dit de l'amour sensuel :

« C'est l'échange de deux fantaisies et le contact de deux épidermes. »

Il y a heureusement autre chose qui fait les bons ménages, plus nombreux que vous ne le pensez, Monsieur, et avec vous tous les sceptiques parisiens pour qui la France est une province étalée autour de Paris, et le monde une province plus vaste qui entoure la France.

*
* *

Si l'adultère de la femme est toujours la faute du mari, on ne peut pas affirmer la réciproque. Il est rare que ce soit la faute de la femme, si le mari est adultère. C'est le plus souvent, au contraire, le plus heureusement partagé, qui se lasse de son foyer, et qui, *insatisfait* d'un bonheur trop constant, se lance aux aventures, s'évertuant à tromper une confiance qu'il ne mérite plus, et d'autant plus ardent à la trahison qu'il n'a pas à craindre la peine du talion.

Il n'y a pas de loi qui puisse remédier à ces maladies sociales, je le reconnais humblement. Ce sont les mœurs qui font les lois, et non les lois qui font les mœurs. Mais on peut toujours bâtir des hypothèses.

Supposez donc, Monsieur, que la loi ou les mœurs obligeassent l'amant à se charger pour toute sa vie de la fille qu'il aurait séduite, ou de la femme qu'il aurait,.. aimée ; supposez à l'épouse les mêmes droits qu'à l'époux, en ce qui regarde l'adultère ; supposez la privation des droits paternels infligée au mari adultère : ne verrait-on pas moins de godelureaux *flirter* dans nos salons, moins de coquettes en quête de sigisbées, moins de séparations de corps, moins de scandales — toutes choses qui amusent les désœuvrés, mais qui font réfléchir les philosophes ?

*
* *

A tout ce que je viens de dire vous ferez une réponse en un seul mot : Divorce !

Et après ? Que faites-vous des enfants dans le divorce ? Qui les élèvera ? Et lorsqu'ils auront grandi, resteront-ils à qui les aura élevés, ou retourneront-ils à... l'autre ? Et quelle jolie société que celle où une femme pourra danser, dans la même soirée, avec cinq de ses maris, où un gentleman pourra tromper sa troisième épouse avec la première, en un moment de « revenez-y » !...

D'ailleurs, à quoi bon insister ? A qui plaira mon bavardage ? Ce sont ici des idées d'un autre monde, et dont le monde moderne ne veut plus. N'est-il pas plus simple de laisser aller les choses ? Aurais-je la prétention niaise de guérir un mal effroyable ? Je le signale, je le constate, je voudrais débrider la plaie, mais le membre pourri ne sent même plus la pointe du bistouri !

Qu'est-ce que cela fait, que l'on ne croie plus à rien et que nos sociétés civilisées à outrance en soient venues à se *déchristianiser* ? La mode est au naturalisme. Parlez-nous de la réalité !

Le domaine des raisonnements est fermé : on ouvre la discussion : il faut des faits, des événements, du *reportage*, et fi de ce qui fait songer à l'âme, quand on ne veut s'occuper désormais que du corps !

⁂

Tout est pour le .mieux dans le meilleur des mondes, dirait la sagesse du docteur Pangloss. De quoi me plaindrai-je ? N'assisté-je pas aux spectacles les plus divertissants : un gouvernement qui se détraque ; — des hommes d'État qui se démettent;—Mme Théo qui devient pâtissière; — M. Albert Gigot qui ne devient rien ; — un libraire qui achète un journal pour y publier la délirante *Nana*, de M. Emile Zola : (le comble du « mécénisme » !); — Victoria Ire vaincue par le roi des Zoulous ; — et la prospérité républicaine qui va toujours grandissant...

N'est-ce pas assez, Monsieur, pour notre félicité? et quand il y a tant d'événements agréables à commenter, de quoi vais-je me mêler, de censurer mon époque, si fertile en magnificences, et si parfaite en vertus que les moins austères de nos députés n'osent plus parler des corruptions de l'Empire — entièrement effacées !...

L'INFORTUNE

DE GEORGES DANDIN

A Monsieur ALEXANDRE DUMAS,

de l'Académie française.

Les événements étranges qui viennent, Monsieur, de se succéder, comme l'éclair succède à l'éclair pendant l'orage, m'ont surpris en pleine verve et m'ont fait tomber la plume des mains

Come cadde corpo morto !

Que voulez-vous qu'on aille parler de mariage et d'adultère à des gens uniquement préoccupés de savoir si M. Gambetta père sera nommé Grand-Épicier de la République, si M. Gambetta fils daignera se contenter du mobilier de M. le duc de Morny, et par qui seront désormais gouvernées les cuisines de l'Élysée !

La farce, préparée de longue main, a été rapidement jouée ; les auteurs étaient enfarinés à l'avance, et chacun savait son petit rôlet. Je n'ai jamais vu d'escamotage aussi promptement exécuté, et non plus escamoteurs plus applaudis.

*
* *

Quand tout le monde sera casé, quand il ne restera plus une seule place à donner, fût-ce une place de concierge dans la plus infime des sous-préfectures, on pensera sans doute à désorganiser l'état social, où mainte chose peut gêner l'essor de la République aimable qui va fleurir. Un beau matin, la France s'éveillera sans clergé, sans armée, sans magistrature, sans rien !... Et ce sera le bon moment pour traiter des questions morales, car on aura coulé à fond la politique : — j'aimerais mieux que les politiciens le fussent, coulés à fond !

Alors, Monsieur, on abolira les dettes, on rétablira le divorce.

Il serait si simple pourtant d'opérer par un moyen plus radical, en déclarant la femme libre dans le mariage libre !

Je n'y mettrais qu'une condition : c'est qu'il nous serait permis, à nous les gens mariés et contents, de conserver nos femmes, et à nos femmes de nous garder.

C'est pourquoi je ne m'inquiète guère des lois futures dont nous voici menacés : le divorce ne m'effarouche pas ; je suis fort décidé à n'en pas user ; je suis certain que dans mon ménage on n'en a point envie, et j'ai la conviction que les honnêtes gens feront comme par le passé et ne profiteront jamais d'une loi — illégale.

* *
*

Et quand même la princesse de B*** ferait sanctionner par un divorce de droit le divorce de fait qu'elle a commis, en serait-elle moins la femme de son mari, et « l'autre » en serait-il plus son mari ?

Ni vous, ni moi n'oserions l'affirmer, ni personne le soutenir. Il y a des familles où le linge sale se lave au prétoire, et ce blanchissage-là, qui coûte cher, ne blanchit rien.

Que nous importe, à nous qui n'avons pas de châteaux à manger ?

Le divorce n'empêchera pas l'adultère ; il le légitimera — aux yeux de la loi seulement, car je veux bien être pendu si dans un salon quelconque de la société française on reçoit jamais une femme divorcée, c'est-à-dire une demi-mondaine. Je m'en réfère sur ce point à l'Église, qui tient bon. Ne me parlez pas de cas exceptionnels : ceux-là sont rares, et l'on trouve assez souvent le remède.

Mais qu'un père de famille me vienne dire, par exemple:

« J'ai donné ma fille à un individu qui a été mis aux galères huit jours plus tard, pour avoir commis un crime un an avant le mariage. Or, ma fille n'est plus vierge, elle n'est pas veuve, elle n'est pas mère ; qu'est-ce que vous voulez que j'en fasse ? »

Je répondrai à ce père imprudent qu'il aurait dû s'inquiéter un peu plus des vertus de monsieur son gendre, et un peu moins de sa fortune, et que s'il avait agi autrement qu'en étourdi, il ne se serait point aventuré.

Si, d'autre part, un mari vient me dire :

« J'ai épousé la plus admirable jeune fille qui fût: belle à damner les saints, riche d'ailleurs, et que j'aimais, par surcroît. Elle me fait... vous savez quoi. »

Je lui dirai tout simplement :

« Vous avez épousé votre femme à cause de sa beauté ; vous l'aimez parce qu'elle est belle ; elle le sait, on le dit ; c'est un malheur ! Mais si vous aviez étudié le cœur et l'esprit de cette femme, et si vous vous étiez souvenu que dans ce corps merveilleux il y a une âme, vous ne vous seriez point exposé aux dangers résultant du mariage avec une créature trop désirable. »

*
* *

Votre *Pierre Clémenceau*, Monsieur, est, à mes yeux, un sot et un criminel. Un sot, parce qu'il s'éprend d'une statue de chair, admirable assurément, mais dont la vocation naturelle est de trahir son mari.

Cette aventurière vient on ne sait d'où, de Russie ou de l'Ukraine : sa mère — une spéculatrice éhontée — la traîne de ville en ville et s'en fait un appeau ; Ida n'a pas de père ; son nom est à peine connu ; elle n'a pas de famille ; elle ne tient à rien ; le plus humble artisan n'en voudrait pas à son honnête foyer. Est-ce qu'on épouse ces filles-là ? Clémenceau l'épouse.

Il est éperdûment amoureux. Amoureux de quoi ? Du corps de sa femme, et il l'adore. Ces formes sculpturales, il les sculpte ; il veut éterniser ces splendeurs ; il les copie dans un bloc de marbre et il s'expose à montrer à tout le monde, — gratis, — ce qu'il doit être le seul à regarder, portes closes. Après cela, qu'il s'étonne si on lui convoite son bien !

Et de quoi se plaint-il que d'autres admirent l'objet de ses adorations ? Il ne s'est pas marié parce que le mariage est la seule façon de s'aimer jusqu'à la mort, de créer et de fonder une famille. Il s'est bien inquiété de ces vétilles !

Il s'est marié pour posséder librement une proie qu'il désirait passionnément... avec cette restriction tacite, inconsciente, si vous voulez, que, la beauté disparue, la vieillesse venue, il s'octroierait un second bail de liberté.

Accoutumée à se voir adorer, jalouse et orgueilleuse de sa beauté, seule chose dont elle ait souci, Ida trompe son mari. Eh bien, après ? Cet homme a-t-il pensé un seul moment à l'âme, au cœur de sa femme ? Il a joui d'un beau marbre ; le beau marbre veut une niche d'or ; la déesse dédaigne un unique adorateur ; elle a soif de flatteries, de plaisirs, de luxe : Clémenceau devient insuffisant.

Il la tue, après être revenu à elle jouant, lui mari, le rôle de l'amant. Il se fait le juge de cette malheureuse, dont il a exalté la vanité, à qui il a appris que l'amour, c'est l'ardeur des sens. Il la tue. De quel droit ? N'eût-il pas mieux fait de la laisser à ses aventures, à ses pérégrinations, à son monde interlope, à sa mère si complaisante ?

* *
*

Que de *Clémenceau* nous connaissons, qui sont c..., battus et contents ! La raison leur criait : Casse-cou ! Ils n'ont écouté que le désir âpre et aveugle. Je ne les plains pas. Et vous ?

* *
*

Dans *le Demi-Monde*, vous accomplissez un prestigieux tour de passe-passe. Vous mariez Marcelle à Olivier de Jalin. Je vous parie qu'Olivier de Jalin, une fois marié, sera ce qu'est Georges Dandin.

Comment ! ce gentilhomme charmant, spirituel, parfait, s'en va chercher femme dans les salons d'une vicomtesse de Vernières, intime amie d'une baronne d'Ange ? Il choisit une fille très-désinvolte, hardie, qui joue au baccarat, qui hante des divorcées, qui se jette au cou du beau premier venu, et se marie au cinquième acte, après avoir démasqué une trop habile cocotte ! Peste ! quelle confiance bien placée, et comme ce mariage à la vapeur a dû être agréable ! Pas de mère, pas d'éducation ; de la religion, ce qu'il en faudrait à une linotte ; autant de solides garanties sur lesquelles je ne prêterais pas même une minute de mon existence.

J'admire qu'on fasse toujours de l'amour le mobile du mariage : j'entends parler de cet amour né de la différence des sexes et qui les rapproche.

Alors, quand l'amour est parti, c'est-à-dire quand la beauté, la jeunesse, l'enthousiasme, les illusions ont disparu ; quand les soucis, les inquiétudes sont venus et que l'heure a sonné des mutuels sacrifices, que reste-t-il ? Et si l'amour a formé une union, ne peut-il la défaire ? Cette loi de l'amour n'a de sanction que pour un temps.

Je t'aime, tu m'aimes, c'est bien : marions-nous. Mais voilà que je cesse de t'aimer et tu ne m'aimes plus ; comment faire ? Or, j'avais le droit de me donner à toi, puisque je t'aimais ; j'en aime un autre maintenant ; j'ai donc le droit de me donner à lui. L'amour est mon excuse : l'amour est irrésistible : tous les romans le disent, tous les drames l'affirment...

Comment, Monsieur, oseriez-vous m'interdire d'obéir à cette fatalité qui nous con uit et dont nous sommes les esclaves ?

Et voilà des raisonnements absurdes que le public applaudit tous les jours sur la scène, car le public, composé de maris, donne toujours raison à l'amant, et les dames donnent toujours tort au mari. Savez-vous pourquoi ? C'est que tout mari a été un amant et qu'il ne redoute jamais d'être, à son tour, un... mari.

Georges Dandin admire don Juan, qui le fait... Dandin.

*
* *

L'adultère est donc presque toujours la faute du mari, ce que je pense vous démontrer bientôt. Je dis la faute volontaire. Et pour se préserver de ce funeste accident, il suffirait le plus souvent de se marier, au lieu de s'associer, et de pratiquer le mariage, ce qui tombe en désuétude. Mon langage est un peu brutal, mais il est net, et je n'écris pas pour les petites filles.

Il y a néanmoins des perversités féminines qui absolvent le mari de l'adultère commis par sa femme. Il y a ce que Barbey d'Aurevilly appelle *les Diaboliques* : j'en connais, et vous aussi. Mais le nombre en est restreint, et je ne crois pas que celles-là aient beaucoup d'amoureux à leurs trousses.

Donc je prétends que l'adultère est une conséquence de notre état social, où le mariage n'existe plus que comme un *contrat*, une association, ou pis encore, comme une union dont le seul but est le plaisir, où l'époux est un amant légal, et l'épouse une maîtresse légitime.

Et lorsque dans un de ces accouplements de capitaux, d'influence, de position — ou de corps — un des contractants se dédit, cherche et trouve un meilleur associé et lâche l'un pour prendre l'autre, je vous déclare, Monsieur, que je ne plains pas le mari trompé, et que, s'il tue la femme infidèle, il ne mérite aucunement l'indulgence du jury.

MŒURS DU TEMPS

A Monsieur ALEXANDRE DUMAS

de l'Académie française.

Monsieur, je me trouvais l'autre jour, dans un petit coin, au Théâtre-Français, où Messieurs les comédiens ordinaires de la République jouaient, avec un talent merveilleux, votre curieuse comédie, *le Fils naturel.*

Au sortir de là, mes amis et moi nous allâmes souper dans le voisinage, et l'on se mit à deviser. Votre nom fut prononcé par un homme d'esprit qui se trouvait là, — ce n'était pas M. Coquelin cadet ! — et la causerie exécuta aussitôt une série de variations sur votre personne et sur vos œuvres.

De votre personne je n'ai rien à dire, n'ayant eu l'honneur de vous rencontrer qu'une fois, chez l'honorable ministre Bardoux, où ces demoiselles de l'Opéra dansaient la gavotte devant quelques centaines d'archéologues de province et de petits professeurs, lesquels admiraient la bonne grâce et l'amabilité du citoyen ministre — autant pour le moins que les pirouettes de mademoiselle Fonta ou les *jetés-battus* de mademoiselle Fatou, — mais qui préféraient encore aux poignées de main de l'Excellence et aux mignardises des ballerines les succulentes victuailles du buffet officiel, où vous-même vîntes prendre une glace, entre un monsieur très-décoré, et un autre qui — chose étrange ! — ne l'était pas du tout.

Vous me fîtes une bonne impression, puisque je ne fus pas désappointé.

Un seul homme, à première vue, m'apparut aussi tel que le rêvait mon imagination de dix-huit ans. C'était votre illustre père, dont j'eus l'honneur d'être, un instant, l'un des quinze cent mille amis intimes.

*
* *

Vos œuvres m'ont intéressé depuis que, devenu homme, je me suis inquiété des effets et des causes ; depuis le jour surtout où je me suis aperçu que tout n'est pas pour le mieux dans le meilleur des mondes, et qu'il ne faut pas plus croire au progrès de nos mœurs, à la splendeur de notre civilisation, qu'à la vertu patentée de mam'zelle Estelle Rubis, ou à la modestie de M. Émile Zola, ou à l'affection mutuelle et réciproque des gens de lettres.

Du jour où vous avez tenu une plume — et voici quelque temps, n'est-ce pas ? — vous avez, Monsieur, constamment obéi à certaine inquiétude.

Vous avez étudié passionnément deux situations : celle du bâtard, celle de la femme adultère. Il y a un bâtard — aussi haïssable que grandiose — dans un roman que vous avez publié — le premier que j'aie lu : *Tristan le Roux*. Votre *Clémenceau* est encore un bâtard. Vous en mettez un peu partout dans vos pièces ; enfin, il vous a plu, un beau jour, de faire du bâtard le sujet d'une thèse vraiment imprévue : d'où *le Fils naturel*.

Cette prédilection pour les bâtards n'a rien qui m'étonne. Ce siècle leur appartient. Il en naît beaucoup, beaucoup trop. Il faudra quelque jour prier la Chambre des 363 de rétablir la loi qui défendait de condamner à mort un bâtard, parce que son père pouvait être parmi les juges, et qu'il serait horrible qu'un père fît couper le cou à son fils, même dans le cas où ce fils serait devenu assassin pour avoir été abandonné par son père.

*
* *

Mais ne serait-il pas utile, Monsieur, avant d'élever un piédestal à un bâtard, de faire descendre du sien le don Juan qui peuple d'enfants sans nom le monde facile où la séduction est œuvre pie, où l'on conte en riant qu'on débauche les fillettes, où l'on brille par les maîtresses qu'on a, où l'on se vante de son infamie ?

Et comment ferez-vous mépriser le séducteur en montrant au bourgeois naïf — il en reste ! — un bâtard sauvant de l'opprobre l'épouse adultère de son père et donnant à celui-ci, qui l'a renié, un titre, une alliance inespérée, des faveurs, que sais-je ? La moralité de votre *Fils naturel* se peut chanter sur cet air populaire.

> Ayez toujours un *bâtard* dans vos poches,
> On ne sait pas ce qui peut arriver ! (*bis.*)

Conclusion : Tout ambitieux aspirant à la fortune, à la députation, aux honneurs, doit avoir dans son passé quelque gentil bâtard, bien doué, qui lui rendra un jour à venir, et selon le précepte de l'Évangile : le bien pour le mal, beaucoup de bien pour beaucoup de mal.

*
* *

C'est une morale agréable, Monsieur, et fort commode. Mais je doute que, dans la réalité, elle soit d'une application facile. Ordinairement les bâtards ne sont pas confidents du pouvoir, consuls à vingt-trois ans et tout prêts à épouser des héritières. Votre thèse n'est pas complète.

Supposez que *Charles Sternay* ait un fils de son mariage; supposez qu'*Hermine* soit sa fille et non sa nièce; cela était possible. Et alors débrouillez la situation! J'ai vu cela dans la vie réelle : *Jacques Vignot* amoureux de sa sœur, et tué en duel par son frère. Un drame hardi à écrire!

Le sort commun d'un bâtard ne ressemble pas plus à celui de *Jacques Vignot* qu'à celui de *Pierre Clémenceau*. Prenez la peine de regarder autour de vous : à Paris, le *bâtardisme* — car à cette nouvelle classe il faut créer un nouveau nom — se compose d'ouvriers qui ne travaillent pas, d'employés sans emploi, de gens qui mènent bonne vie sans ressources connues, et dont le prénom générique est *Alphonse*.

Demandez à la statistique criminelle ce que deviennent ceux qui furent inscrits, au jour maudit de leur naissance, comme fils de père et mère inconnus! Allez dans les

12.

prisons, dans les mansardes ; visitez les maisons mal fa-
mées ; faites un dénombrement du vice et vous arriverez
à formuler cette lamentable vérité, que le *bâtardisme* devient une plaie sociale. En province, on est, presque
toujours, le fils de quelqu'un. Le don Juan est connu ;
quand il reste inconnu, la mère passe en cour d'assises,
pour infanticide.

*
* *

Et remarquez bien, Monsieur, que je plains sincèrement
la condition du fils naturel : certes, il n'est responsable ni
de son illégitimité, ni de sa mauvaise éducation, ni des pen-
chants détestables que l'on ne s'est pas soucié de détruire
en lui.

Neuf fois sur dix, il est né d'un vulgaire débauché
et d'une fille pervertie ; souvent il a été conçu dans la
violence : on a cherché à le dissimuler, à l'étouffer même ;
on l'a détesté avant qu'il vînt au monde ; on l'a abandonné
ou caché ; il n'a connu aucune des joies de l'enfance ; il en
est que leur mère — oui, Monsieur, leur mère ! — n'a jamais embrassés.

L'absence de tout sentiment affectueux, l'éloignement de
la société des honnêtes gens, la juste fureur contre une
destinée imméritée, le mépris de soi-même — ou l'orgueil

surexcité, qui n'est qu'une forme de ce mépris, — enfin une corruption précoce inhérente à la situation même, font du bâtard cet être malheureux et malfaisant, funeste à la famille dont il est presque toujours un dissolvant, et dangereux pour la société, à laquelle il reproche de n'avoir pas su empêcher son malheur, et de lui en inffliger la honte.

Il y a de nombreuses exceptions à cette règle : il y a eu des bâtards célèbres, les Dunois par exemple. Mais il ne s'agit pas de ceux que leur père ou leur mère a élevés, et qui nés hors mariage, ont eu cependant une famille. Il s'agit de ces enfants perdus, reniés de tous, jetés au coin des bornes : de ceux que la volonté de leurs auteurs a placés hors la loi.

*
* *

Un exemple vous dira mieux toute ma pensée. J'ai connu un homme — et vous l'avez connu, au moins de nom, — qui eut un enfant d'une femme mariée qui avait quitté son mari pour le suivre. L'enfant fut déclaré à la mairie sous le seul nom de sa mère, illégalement, puisque le père légal était le mari. Le père réel est mort : la mère vit ; le mari est vivant : l'enfant n'a pas de nom, puisque son père naturel n'a pu le reconnaître ; puisque le mari de sa mère le désavouerait ; puisque le nom qu'il porte n'appartient plus à celle qui le lui a donné, et qu'un procès le forcerait à le quitter.

Voilà un bâtard, pauvre, naturellement, qui n'est à personne ; sa mère ne peut être sa tutrice ; on ne peut lui donner aucun tuteur, car le tuteur officieux serait forcé, plus tard, de l'adopter ; aux termes de la loi, il faudrait le confier à l'assistance publique, et sa mère, qui ne veut pas s'en séparer, est exposée aux outrages et aux scandaleux débats d'un procès possible, car elle a gardé pour son enfant les quelques bibelots du père, et celui-ci avait des héritiers avides d'argent.

Voilà une des formes que peut revêtir la condition du bâtard, et si j'étais ce bâtard-là, Monsieur, je vous jure que je haïrais mon père pour m'avoir procréé, ma mère pour s'être donnée à un amant, la loi pour avoir fait de moi un ilote, la société pour m'avoir repoussé comme un paria.

Et je deviendrais un très-solide communard, prêt à piller les riches qui font les lois.

C'est assez logique, je pense.

*
* *

Ce que je me permets donc de vous reprocher, en toute humilité, Monsieur, c'est de grandir le bâtard aux dépens du fils légitime ; c'est de le montrer affectueux et bon, dévoué, l'âme sereine, et tout disposé à pardonner.

Étant données nos mœurs, votre *Jacques* est impossible ; ce n'est pas son père qu'il DOIT mépriser, c'est sa mère ; car lui, Jacques, ferait ce que son père a fait, sans vergogne ni crainte : n'est-il pas admis que les femmes ont été créées pour être séduites ? Admet-on qu'un jeune homme de vingt-cinq ans n'ait pas de maîtresse ? Assurément, non.

Le jeune homme, l'adolescent même, qui vivent chastement sont exposés à d'insupportables moqueries, si ce n'est aux soupçons les plus flétrissants.

Pourquoi donc amasser tant de fiel contre les *Sternay* ? Ils sont nombreux : tout homme est un *Sternay*, avec ou sans bâtard ; tout Français d'aujourd'hui a séduit sa grisette ou courtisé sa cocotte. Et dans beaucoup de maisons l'on est bâtard de père en fils, si cela peut se dire ainsi.

C'est là, Monsieur, qu'il faut frapper : dépoétiser le bâtard, ne lui donner que son droit, sans privilège ; le laisser ce qu'il est, un être isolé, qui peut cependant, si les circonstances le favorisent, *devenir un ancêtre*, selon le mot du maréchal Lefèvre.

Mais, en revanche, il faut poursuivre la séduction, la

punir avec sévérité, en mettre toutes les conséquences à la charge du coupable : il faut que la loi protège la victime.

Nous irions chercher un modèle en Angleterre, que je n'y verrais aucun inconvénient.

LA THÉORIE DU BATARD

A Monsieur Jules CLARETIE,

Auteur dramatique.

On dit, Monsieur, que l'esprit court les rues, ce qui n'est pas vrai. On dit aussi que l'esprit court si vite qu'il est bien difficile de l'attraper. Vous êtes la preuve du contraire. Vous avez saisi l'esprit au vol, et vous l'avez gardé.

Vous n'êtes pas encore académicien, mais il y a beaucoup d'académiciens qui n'ont pas votre bagage. Vous êtes romancier et critique littéraire ; vous êtes auteur dramatique et critique théâtral ; vous êtes à peu près historien, et en même temps journaliste ; vous faites de la polémique d'un côté, de la chronique de l'autre ; enfin vous avez démontré combien est faux ce proverbe : *Qui trop embrasse mal étreint.* Vous embrassez beaucoup ; vous étreignez très-fort.

Or donc, veuillez m'expliquer pourquoi, Monsieur, ayant l'esprit que vous avez, la philosophie que l'on vous croit, bien élevé comme vous l'êtes, pourvu de l'état civil le plus honorable qui soit, vous vous êtes avisé de soutenir la thèse la plus étrange, contre vos intérêts d'abord, et ensuite contre la morale ?

Il vous a pris fantaisie de défendre l'un des éléments de dissolution de la famille, de le glorifier, de l'exalter, et c'est ce que je vous reproche.

Pour Dieu ! Monsieur, vous n'êtes cependant pas bâtard !...

* * *

Un de ces soirs, que je n'avais rien de mieux à faire, j'allai voir votre nouveau drame, le *Régiment de Champagne.*

Il y a là de fort beaux coups de fusil, et je vous ai pardonné *in petto* beaucoup d'erreurs de votre drame, en considération du rôle splendide que vous avez donné au vieux monarque en qui s'incarnent, quoi que vous en ayez, les gloires de notre France.

Mais ce que je ne vous pardonne pas, c'est votre capitaine Roger.

Quoi ! voilà un bâtard, qui possède toutes les vertus et
toutes les qualités, qui est un héros, un homme populaire,
un véritable gentilhomme, — tandis que le fils légitime est
un voleur, un espion, un traître, un assassin, un monstre.

Votre théorie est fausse, physiologiquement, moralement,
et je vais entreprendre de vous le démontrer.

*
* *

Permettez-moi une parenthèse.

Quoique vous soyez catholique (je suppose du moins
que vous fûtes baptisé), vous donnez le beau rôle aux protestants, ce qui est contraire à la vérité historique : vos
personnages honnêtes sont ceux qui de catholiques se font
protestants ; ceux qui de protestants se font catholiques,
vous les vilipendez, vous les traînez dans la boue, vous les
vouez à l'exécration du *titi*, qui va s'enivrer de l'odeur de
votre poudre.

On appelle cela flatter la passion populaire. C'est un
métier facile, et l'on n'y gagne pas une gloire bien ample.

Passons.

Je n'ai pas à vous faire ma confession sur ce point.
Simplement, je vous mets au défi de produire sur la scène
un homme qui, restant honnête, abjure la religion pré-
tendue réformée et soutient sa conversion par des tirades

semblables à celles que, dans un sens opposé, vous mettez dans la bouche de vos convertis de pacotille. Avez-vous compris ?

*
* *

Revenons aux bâtards.

Le bâtard est, au point de vue physiologique, un être dangereux. Il naît en dehors de toutes les lois : sociale, religieuse, civile : il est conçu... Mais voyez sur ce sujet les spécialistes, qui vous diront mieux que moi comment le bâtard est dépourvu de ces hérédités qui font qu'on est le fils de quelqu'un.

Le bâtard, né hors des lois communes, a en lui le germe de deux abominables passions qu'une éducation forcément mauvaise fait grandir : la haine et l'envie. Ces deux passions excluent la générosité : je ne crois pas aux bâtards généreux.

Le bâtard, devenu adolescent, après une enfance dédaignée et tourmentée, à coup sûr privée de toutes les joies, est appelé à juger sa mère.

Avez-vous parfois réfléchi à cette situation poignante ? Je vous la livre, Monsieur. Avec votre talent, il vous est facile de confectionner tout un drame sur cette idée : *Un fils qui juge sa mère.* Je ne sais pas si vous avez encore ce bonheur infini de posséder la vôtre : je vous le souhaite du fond du cœur. Eh bien ! interrogez-vous ; demandez à votre cœur ce qu'il ressentirait si vous étiez dans la cruelle nécessité de juger votre mère ; ne permettez pas à votre esprit de répondre : que le cœur parle seul.

Ou je me trompe fort, ou la seule pensée de ceci arrache à un fils des larmes de rage.

Le bâtard juge sa mère. Il fait plus, il la méprise.

On a toujours assez de sens moral pour comprendre la faute d'une femme : on essaye vainement de la déguiser sous des mots-fleuris.

Le bâtard se dit :

« Tel jour, à telle heure, ma mère a commis cette faute ; elle a subi, accepté, imploré peut-être cet outrage.

« Je suis né de cet outrage, et l'on a eu honte de moi à ce point qu'on m'a repoussé abandonné, perdu, comme un témoignage vivant du péché. »

Il arrive donc que le bâtard ressent un amer dégoût, et qu'il porte ce dégoût sur sa mère. Il l'aime, sans doute. L'amour filial est un sentiment forcé ; aussi le Décalogue ordonne-t-il non d'aimer, mais d'*honorer* son père et sa mère. Le bâtard n'honore pas.

Ayant jugé sa mère, la méprisant, il peut l'aimer, elle : aimer sa personne, son être. Et cependant il la hait en-

quelque manière. Si la société l'écarte ; si le monde le dédaigne ; si ses camarades le raillent, à qui la faute ? A cette
mère qui s'est laissé corrompre, et qui l'a jeté, lui, dans la
vie, au hasard et sans le faire exprès.

*
* *

Et son père inconnu ?

Que lui importe cet homme, qu'il ne connaît pas, qu'il
n'a jamais vu, et qui ne se soucie nullement de lui ? Croyez-
vous qu'il l'aime ? Il le hait furieusement — et il a raison !
Il lui en veut d'avoir séduit sa mère ! il lui en veut de l'avoir
procréé ; il lui en veut de l'avoir oublié. Il le déteste, il
en a honte. Il sait qu'on ne veut pas avouer le bâtard, né
seulement des sens, fils de par l'immortelle loi de nature,
mais non pas fils par l'esprit, par le cœur, par le nom.

Il est venu, on ne l'a pas détruit, le Code pénal pré-
voyant le cas. On n'a peut-être pas osé faire ce que faisait
Rousseau de Genève : le porter aux enfants trouvés. Il a
grandi au hasard, amassant des trésors de colère et maintenant que le voilà adulte, ses colères accumulées vont dé-
border.

Car vous n'ignorez point, Monsieur, que le bâtard est
l'ennemi implacable de la famille. Il l'est de par sa volonté,
souvent : il l'est toujours inconsciemment et même lorsqu'il

voudrait ne l'être pas. On n'est pas impunément un bâtard !
On désorganise, on trouble, on ruine, on divise, on dis-
perse, on écrase toute une famille, uniquement parce que
l'on est bâtard. Je suis prêt à vous en donner des exemples.

Ce qui est certain, c'est que les bâtards n'ont jamais
pardonné aux familles légitimes le fait de leur bâtardise.
Voyez ce qui se passa à la mort de ce pauvre vieux roi
Louis XIV, qui sacrifiait ses enfants, sa race, l'Etat même,
à son bâtard, de duc du Maine, lequel aurait fait de la
France une servante de l'Espagne, si par une heureuse
usurpation Philippe d'Orléans n'avait gagné la régence. Je
vous abandonne Philippe, mais au point de vue politique,
le régent a été un grand souverain.

*
* *

Hélas ! Monsieur, vous écrivez comme si le christianisme
n'avait jamais existé. Vous peignez une société que vous
ne connaissez pas : vous avez écarté systématiquement
l'idée chrétienne, qui est gênante. Vous ne voyez les choses
qu'au point de vue du boulevard, où l'on ne connaît de famille que celle qui est inscrite chez M. le maire. Vous
faites l'apologie du bâtard, parce que c'est la mode ;
parce qu'il est de bon ton de protéger, ce qui paraît être
le faible, l'opprimé.

Le bâtard n'est qu'une conséquence, un effet. Supprimez d'abord la cause. Montrez la séduction sous son vrai jour : c'est un *viol* moral ; ne la déguisez pas, ne la fleurissez pas.

Vous prétendez châtier les mœurs, ayez donc le courage de repousser le bâtard, plaie de la société et de la famille. Les sots qui font de la sensiblerie vous jetteront la pierre ; qu'est-ce que cela vous fait ? Étudiez-les de près, et vous verrez qu'ils ont un bâtard dans leur vie, et que s'ils défendent les bâtards des autres, ils ne nourrissent pas les leurs !

Je vous entends. Vous allez me dire que je suis bien féroce et qu'on n'a pas le droit de faire porter à l'enfant innocent la responsabilité d'une situation dont il est la première victime. Oh ! c'est vrai. Mais, Monsieur, un homme qui a le choléra ne l'a pas pour son plaisir. Est-ce sa faute, s'il a gagné la peste ? Non. Cependant vous le fuyez, vous le repoussez, et comme vous craignez la contagion, vous l'isolez.

Je ne vous dis pas qu'il faille isoler les bâtards. Je ne suis pas assez savant pour indiquer un remède au mal qui ronge nos mœurs. Mon but est de vous dire qu'il ne faut pas glorifier le bâtard, et faire de la bâtardise une espèce de noblesse. Les bâtards sont les irréguliers de la société :

laissez-les à leur place, et ne vous en servez pas comme de cailloux pour lapider les fils légitimes. Je vous épargne, ici, des arguments *ad hominem*, que je tenais en réserve.

*
* *

Vous me direz encore que tous les bâtards ne sont pas funestes. Qu'en savez vous ? Prenez l'histoire : Dunois, don Juan d'Autriche, tous les autres, ont fait du mal à leur pays, à leur dynastie, à leurs parents. Voyez : c'est un bâtard de Louis XV qui fit battre le tambour pour empêcher Louis XVI de parler au peuple du haut de l'échafaud. Il y a des exceptions, je vous l'accorde. Elles confirment la règle, comme toutes les exceptions.

Vous avez pour mission de semer des idées géréreuses et fécondes. Défendez la famille : honorez l'épouse, et non pas la concubine ; honorez le converti, et non pas le renégat ; glorifiez le fils légitime, et non pas le bâtard ; châtiez le vice et ne rendez pas la vertu ridicule. Voulez-vous que je vous dise ? Il n'y a dans tous vos personnages du *Régiment de Champagne,* qu'un seul homme honnête, ferme et loyal. C'est Moulineau de la Moulinière : aussi vous l'avez fait bête et vaniteux. Son honnêteté aurait donc fait peu au public ?

Je vous attends à une prochaine pièce.

A TRAVERS L'HISTOIRE

A Monssieur Edouard FOURNIER.

A quel homme plus érudit et plus impartial que l'auteur du *Vieux Neuf,* de l'*Esprit des autres,* de l'*Esprit dans l'Histoire,* de tant d'œuvres d'une science véritable et d'un jugement éclairé, pourrais-je adresser les quelques observations que suggère le débat assez maladroitement soulevé à la Chambre, lors de la discussion à jamais mémorable des trop fameuses lois Ferry ?...

Je ne sais point, Monsieur, à quel parti vous appartenez et ne connais rien de votre opinion sur l'état curieux des choses. Êtes-vous clérical ? Peu me chaut. Mais vous avez démoli si prestement et avec une si parfaite autorité maint préjugé ; vous avez si bien prouvé que l'histoire est ce dont on parle le plus et ce qu'on sait le moins, que je n'hésite pas à vous dédier une lettre qui fera peut-être crier au paradoxe, et qui ne renferme rien néanmoins qui ne se puisse prouver par des documents plus sérieux assurément que les citations produites à la tribune par des orateurs moins soucieux de la vérité que du succès de leurs discours.

*
* *

Le mérite le plus réel du siècle où nous vivons est le grand travail de révision historique inauguré il y a bientôt trente ans, continué avec acharnement, et dont les résultats, en confirmant la parole de Joseph de Maistre : « L'histoire est depuis trois cents ans une conjuration perpétuelle contre la vérité », sont un revirement complet des opinions reçues sur la plupart des problèmes légués par le passé au présent.

Il n'est personne, je pense, qui ne connaisse les admirables explorations dans le domaine historique accomplies par l'École des Chartes, véritable pépinière de savants, qui n'en veulent plus croire désormais que le témoignage des documents originaux, papyrus et parchemins authentiques, dûment étudiés et contrôlés, au lieu de se livrer aux affirmations fantaisistes des écrivains du siècle dernier, des poètes, des dramaturges et des romanciers chers au romantisme.

Quelle œuvre merveilleuse que celle entreprise par tant d'hommes consciencieux, âpres au dur labeur du *mono-graphiste !* L'Europe nous les envie, et je comprends ce mot du prince de Prusse, visitant nos magnifiques Archives et regardant avec respect des actes écrits du sixième siècle :

« Si nous avions de tels trésors à montrer, nous serions les maîtres du monde ! »

Hohenzollern n'est pas Bourbon, heureusement ! Et quoi qu'on fasse, la France, après l'Église sera toujours la plus riche en souvenirs glorieux.

* * *

Oui, Monsieur, rien n'est plus fécond en enseignements, rien n'est plus beau et plus noble que l'œuvre de révision qui défait les erreurs jusqu'ici trop légèrement admises, et reconstruit l'édifice majestueux de notre histoire na-tionale.

Ce sont les études parfaites de M. Boutaric sur le règne de saint Louis ; les études sur la condition des personnes et des terres au moyen âge, de M. Léopold Delisle ; la bio-graphie du roi René, de M. Lecoy de la Marche ; la réhabi-litation de Louis XI, — un peu exagérée, il faut l'avouer, — de M. Urbain Lejeay ; les étonnantes trouvailles de M. Siméon Luce sur Bertrand Duguesclin et son époque ;

la *Jeunese d'Élisabeth d'Angleterre*, de M. Wiesener ; le
monument superbe élevé à la mémoire de Christophe Co-
lomb par le comte Roselly de Lorgue; les travaux absolument
définitifs de M. Jules Gauthier et de M. Petit sur Marie
Stuart, de M. H. Forneron sur les ducs de Guise, de M. Ma-
rius Topin sur Louis XIII et Richelieu, de M. l'abbé Douais
sur la guerre des Albigeois, de M. l'abbé Delarc sur le
grand pape alsacien Léon IX. C'est encore l'histoire de la
guerre de Trente ans, de M. Charveriat ; c'est l'ensemble
d'études nouvelles sur Venise, sa politique, sa constitution,
de l'érudit Armand Baschet ; c'est la solution de la polémique sur Galilée, de M. Henri de l'Epinois; c'est la réhabi-
litation de Brunehaut, par un jeune écrivain dont les recherches sur l'antiquité romaine ont attiré l'attention
M. Lucien Double ; c'est enfin l'énorme recueil de nos
épopées françaises, achevé par le plus spirituel et le plus
aimable artiste des savants, M. Léon Gautier.

Mais si je voulais nommer ici tous ceux auxquels j'ai dû
les meilleures jouissances de mes longues heures de travail, de mes veilles charmées par l'examen attentif de ce
mouvement d'exploration à travers les siècles, je ferais un
catalogue de bibliothèque, et la tâche me serait un peu
rude ! J'ai énuméré pêle-mêle ce qui m'est revenu à la
mémoire de mes plus récentes lectures, dans lesquelles,

Monsieur, vous m'avez souvent servi de guide et de contrôle, — ne vous déplaise !

*
* *

Le clergé, ce clergé si bêtement calomnié, qu'aucun
travailleur sérieux ne dédaigne parce qu'il sait qu'on
lui doit beaucoup, coopère activement à ce mouvement
intellectuel et scientifique ; une bonne part d'honneur
lui revient, car il prend une bonne part de la peine. Je n'ai,
sur ce point, aucune crainte d'être démenti.

En présence des livres nombreux, de la continuation des
Bollandistes, de la publication faite à grands frais du Recueil des Historiens de la Gaule, du Trésor littéraire de la
France — immenses collections que les Jésuites et les Bénédictins mèneront quand même à bonne fin ; en considé-
rant les Revues, les périodiques, les journaux, enfin les organes de toutes sortes qui servent à la diffusion des lumières
et que dirigent ou soutiennent les moines et les prêtres
de ce temps-ci, on serait mal venu à parler d'obscurantisme,
et ces vieilles accusations stupides çà et là répétées par des
sots, prêtent à rire, tant elles sont ridicules.

Jésuites et dominicains, bénédictins et chartreux, religieux et religieuses du dix-neuvième siècle, n'ont rien à
envier à leurs devanciers du moyen âge, qui nous trans-

mirent les chefs-d'œuvres de l'antiquité grecque et romaine, compilèrent les documents, écrivirent les annales,
furent, en un mot, durant l'époque barbare, les déposi-
taires de la science et les représentants de l'intelligence
parmi nous.

Les dom Guéranger, les dom Pitra, les dom Chamard,
les dom Piolin, ne sont-ils pas les émules, sinon les rivaux,
des Mabillon, des Martène, des Calmet ? Rien ne change
dans l'Église : le travail s'y perpétue de génération en génération.

*
* *

Cela n'empêche nullement qu'on ne soit toujours prêt,
Monsieur, à déblatérer contre cette Église, en l'accusant
sans cesse de s'opposer au progrès, de lutter contre le
mouvement intellectuel, d'abhorrer la science, de mettre
la lumière sous l'éteignoir, d'être enfin l'ennemie de tout
ce qui fait l'homme libre, digne de son origine et de ses
destinées.

C'est là une injustice. De plus, c'est un ridicule que
notre société se donne.

Si la postérité démêle dans notre chaos les responsabilités afférentes à chaque parti elle bafouera celui qui, de
mauvaise foi et par une haine implacable, a toujours nié

l'évidence. Du reste, c'est la force de l'Eglise ; elle sait attendre, elle le peut.

Dieu est patient, parce qu'il est éternel. L'Église est patiente, parce qu'elle durera autant que le monde : elle le sait, et nous le croyons, même quand nous faisons semblant de n'y pas croire.

*
* *

On a donc fait grand bruit à la Chambre, Monsieur, d'un certain livre de M. Charles Barthélemy, qu'un député s'est donné la peine de critiquer et l'odieux de le dénoncer, sous prétexte qu'il est une apologie de l'Église et présente certains faits historiques sous un aspect fort différent de celui qu'on leur prête communément.

Ce livre a pour titre : *Erreurs et mensonges historiques ;* il comporte douze volumes et le treizième est sous presse. Je ne vous le donne pas comme un chef-d'œuvre. Ainsi tous ses travaux ne sont pas à la hauteur des découvertes modernes, et l'on pourrait, en mainte occasion, lui reprocher de ne pas indiquer suffisamment les sources où il puise. Mais ce ne sont là que des critiques de détail, et ce n'est pas sur quoi je veux m'appesantir.

Le but avoué de M. Charles Barthélemy est de démontrer la fausseté de quelques opinions hostiles à l'Église, et toujours subsistantes, malgré les réfutations qui en ont été faites. Il cherche à vulgariser l'histoire par la controverse. Il n'a d'aucune façon la prétention de composer une œuvre de premier ordre, complète en tous ses détails, parfaitement coordonnée. Il compile, il disserte. Dès qu'une question est à l'ordre du jour, il l'étudie : dès qu'un livre important paraît, il l'analyse, en y joignant l'examen d'ouvrages analogues ; puis il publie sa dissertation, et, quand il a réuni un certain nombre, il en fait un volume.

* *

Voilà quel est ce dangereux pamphlétaire signalé du haut des rostres à l'indignation des républicains purs ! Un honnête homme, qui voue son existence au labeur pénible, ingrat, d'écrire pour la jeunesse ; qui passe ses journées à fouiller ses bibliothèques, qui est certainement sincère, et parfois même naïf. Bon vivant, du reste, et qui ne se serait point attendu à être accusé d'empoisonner les jeunes gens et de fausser l'esprit des jeunes filles !

Mais il a un très-grand tort ; celui d'être catholique ; un plus grand : celui de le dire. Ce compilateur infatigable est très-méchant : quand on l'attaque, il se défend ! Voyez donc !...

Que n'est-il un coryphée des publications radicales,

des bibliothèques démocratiques, populaires, nationales, anti-cléricales, etc. ? Que n'écrit-il : *A bas la Calotte* ou *les Nuits de Saint-Cloud ?* On le porterait aux nues, et son nom tomberait en syllabes suavemer modulées des lèvres fleuries de Monsieur Paul Bert !

Toutefois, ce n'est point l'auteur des *Erreurs et mensonges historiques* que j'entends défendre. Je n'en ai pas lamission. Je lui sais assez de savoir et de verve pour s'en donner la peine lui-même, s'il en a besoin ou envie.

Ce que je préfère, c'est démontrer que son livre n'est point le ramassis d'inepties qu'on a si violemment dénoncé, ou plutôt c'est d'affirmer que la plupart des questions qu'il a abordées sont discutables très-sérieusement et que les solutions qu'il en a données sont conformes à la vérité vraie ; qu'il devient nécessaire, surtout depuis que messieurs Paul Bert et autres s'en mêlent, de rendre indépendantes de la vérité officielle.

*
* *

Vous, Monsieur, qui avez prouvé que Philippe-Auguste n'a jamais prononcé le mot fameux : « Ouvrez ! c'est la fortune de la France ; » que François Ier n'a jamais écrit : « Tout est perdu, fors l'honneur » ; vous qui assurez qu'il n'y a rien de nouveau sous le soleil, et que si l'huma-

nité se déplace, elle ne change point, — vous ne partagez
pas, certes, les idées bizarres qui ont cours aujourd'hui, et
que Walter Scott, Victor Hugo, Alexandre Dumas, Eugène
Sue n'ont pas peu contribué à répandre.

Ces fausses notions sont difficiles à déraciner; l'imagination les a embellies de couleurs si séduisantes, qu'elles
sont obstinément admises, même par ceux que leurs tendances, voire leurs études, éloignent des conclusions auxquelles ces falsifications de l'histoire aboutissent.

*
* *

J'ai pu m'en convaincre récemment, dans une des provinces les plus jolies de la France : en visitant un château
royal illustré par les récits de Balzac et de Dumas.

Le modeste *cicerone* du lieu me fit juger, par la simple
vue du théâtre d'un grand événement politique diversement
apprécié, que l'histoire vulgaire et l'art — non vulgaire—
se trompaient facilement.

Et je sortais d'une charmante compagnie, intelligente —
et instruite, — où j'avais entendu émettre les jugements les
plus singuliers sur Louis XI, par exemple, si étrangement
arrangé par Casimir Delavigne pour les besoins de sa tragédie. En prenant la défense de Louis XI, de Brunehaut,
de Catherine de Médicis, j'ai passé, j'en suis sûr, pour un

amateur de paradoxes. Et cependant, si l'on voulait une bonne fois y regarder de près !...

Si l'on jetait bas l'attirail de sensiblerie qui fait pleurnicher les faibles, admirateurs d'un César qui tue un million d'hommes pour satisfaire ses ambitions démesurées, mais contempteurs d'une politique aussi peu scrupuleuse qu'elle est expéditive, on serait plus près de la vérité. Je répéterai volontiers avec Barbey d'Aurévilly que si le pape Léon X avait fait brûler Luther au lieu de faire brûler ses livres, on aurait évité cent ans de guerre et trois cents ans de révolutions.

*
* *

Il serait donc utile, Monsieur, de faire une rapide excursion à travers le domaine de l'histoire, ne serait-ce que pour affermir le respect de cette vérité au nom de laquelle nous combattons et que nous aimons par-dessus toute chose. Nous irons de çà de là, si vous le voulez bien, effleurant quelques uns de ces problèmes, redoutables seulement pour les ignorants et surtout pour les sensibles.

*
* *

Rien n'amuse davantage que les prétentions d'un grand nombre d'individus en matière historique. On veut avoir l'air de tout savoir, et la plupart de ceux qui glosent n'ont que des connaissances superficielles.

En France, plus que partout ailleurs, les mots règnent et gouvernent, au rebours des rois constitutionnels.

Monsieur Margue n'est-il pas devenu célèbre pour un mot auquel Cambronne dut sa gloire bien plus qu'à ses exploits guerriers ?

Cette manie des mots est caractérisée par l'incident que narre le comte Beugnot dans ses *Mémoires,* à propos du mot : « Il n'y a rien de changé en France, il n'y a qu'un Français de plus, » que le comte d'Artois ne prononça jamais. Causez avec un des fermes champions des lois Ferry ; je veux être pendu s'il ne vous égrène aussitôt un chapelet de mots : — Loriquet ; — Tuez-les tous, Dieu saura reconnaître les siens ! — les béquilles de Sixte-Quint ; — l'Éminence grise ; — Marie la Sanguinaire ; — Paris vaut bien une messe ; et deux heures durant, pour peu qu'il vous plaise de le supporter, on vous rabâchera toutes les vieilleries fanées qui traînent dans les compilations révolutionnaires, par exemple les *Crimes des rois et reines de France,* ou les *Crimes des Papes,* d'un nommé Challamel.

Les Français aiment les événements accomplis, les gouvernements établis et les opinions toutes faites,

* *

Connaissez-vous, Monsieur, beaucoup de bourgeois qui révoquent en doute l'existence de la papesse Jeanne ? On la fait succéder au pape Léon IV, et on lui accorde un pontificat de deux ans et demi. Or, le pape Léon IV meurt le 17 juillet 855, et son successeur, Benoît III, est élu sans le plus court interrègne. Il reste établi que la chronologie exactement suivie, date par date, année par année, ne laisse pas la moindre place à une usurpation ou à une substitution de personne. Monuments, documents, écrits, médailles, tout est d'accord pour démontrer que *jamais* une femme n'a ceint la tiare. La fable de la papesse apparaît pour la première fois en 1260, dans le livre d'Etienne de Bourbon sur les sept dons du Saint-Esprit. La papesse n'a jamais existé ; il est impossible qu'elle ait pu exister.

*
* *

Que de fois encore n'a-t-on pas accusé Hugues-Capet d'avoir usurpé la couronne de France ! Or, il est établi qu'après la mort de Carloman et de Charles le Gros, il n'y avait plus d'héritier légitime de la race carlovingienne ; que les rois Eudes, Charles le Simple, Robert et Rodolfe, appartenant à trois familles différentes, accédèrent au trône par élection ; que Louis d'Outre-Mer, son fils et son petit-fils furent élus ; que Hugues-Capet fut élu à Noyon, en 987, par le vœu de la nation ; que Charles, duc de Lorraine, oncle du dernier roi, n'avait aucun droit à la couronne et d'ailleurs avait forfait en rendant hommage à l'empereur. Hugues conserva l'hérédité dans sa maison par une loi d'usage qui devint une loi fondamentale de l'État et fonda la monarchie traditonnelle.

*
* *

« Tuez-les tous, Dieu saura bien reconnaître les siens. » Ces paroles sanguinaires, attribuées par les uns au légat du pape, par les autres à l'abbé de Citeaux, n'ont jamais été prononcées, ni par ceux-ci, ni par Simon de Montfort, ni par Pierre de Castelnau.

Cette phrase apparaît pour la première fois dans les *Dialogi miraculorum*, compilation absurde du moine allemand Pierre-Césaire d'Hesterbach. Tous les récits contemporains le contredisent. Le carnage fut l'œuvre des ribauds et des truands.

Un mémoire sur le sac de Béziers. de M. Tamizey de Laroque, a mis à néant cette misérable calomnie, à laquelle Monsieur Guizot lui-même ne craignit pas d'accorder son appui, dans sa réponse au discours de réception de Lacordaire à l'Académie.

*
* *

C'est afin de rabaisser en quelque manière la mission providentielle de Jeanne d'Arc que des historiens du genre troubadour font jouer à la maîtresse de Charles VII un rôle politique et la représentent comme ayant efficacement protégé la bonne Lorraine.

Encore un mensonge !

Du Haillou et Brantôme en sont les premiers coupables ; nos romanciers ont enchéri. Il ne s'agit ici que d'une question de dates.

Ce fut en 1429 que la miraculeuse intervention de Jeanne d'Arc sauva la France ; ce ne fut qu'en 1444 qu'Agnès Sorel fut déclarée maîtresse du roi et installée à la cour. Elle était auparavant au service d'Isabelle de Lorraine, reine de Sicile. Elle était née vers 1420. Il n'est enfin aucun indice qui permette d'affirmer que le roi l'eût connue avant 1435.

La « damoiselle de Beauté » n'eut donc aucune part à la délivrance du territoire et n'exerça aucune influence sur Charles VII, dont le véritable caractère, de beaucoup supérieur à celui que lui prête la légende, est absolument réhabilité dans les études remarquables du comte de Beaucourt.

*
* *

Voltaire, l'éternel menteur, s'est fait l'écho du chroniqueur Brantôme pour accuser Louis XI d'avoir fait placer les enfants du duc de Nemours sous l'échafaud de leur père, dont le sang les arrosa, et Casimir Delavigne a puisé dans cette fable odieuse le sujet d'une de ses plus belles tragédies, qui a popularisé la fable.

Michelet, Barante, Legeay se sont élevés contre cette horrible imputation, qui n'a aucun fondement. En effet, pas un seul témoignage contemporain ne l'appuie ; pas un des libellistes bourguignons ou flamands, si acharnés contre Louis XI, ne l'a mentionné.

Louis était l'ami de Nemours, qui mérita la mort par ses perfidies avouées, ses complots, ses trahisons. Son procès fut environné des garanties les plus sérieuses ; il mourut justement après une confession entière de ses crimes, et le roi n'avait pas besoin de raffiner le supplice par une cruauté inutile. Il était, d'ailleurs, trop fin politique pour s'y aventurer.

*
* *

Il est difficile de parler ici de la Saint Barthélemy.

Cet événement si grave exige une étude approfondie ;

elle a été faite avec une incontestable bonne foi par
M. Georges Gandy dans la *Revue des questions historiques*.

Mais l'on peut du moins affirmer avec le savant docteur
Hollzwarth « que ni le pape, ni le clergé n'y furent mêlés
sous aucun rapport et que, dans les motifs qui poussaient
Charles IX et sa mère Catherine de Médicis, l'intérêt de la
religion et de l'Église n'entrait pour rien ».

Un historien à consulter, impartial et sérieux, est le co-
lonel de La Barre Duparq, dont le *Charles IX* mériterait
d'être connu davantage. Les annales de nos provinces
ournissent, en outre, d'intéressants documents sur les
guerres de religion, où les réformés ont commis plus de
massacres qu'ils n'en ont subis.

*
* *

Puisque le nom de Catherine de Médicis est tombé de
ma plume, en rappelant le superbe plaidoyer de Balzac
en sa faveur et le portrait admirable qu'en trace M. Armand Baschet, me sera-t-il permis de la défendre de l'imputation d'avoir empoisonné Jeanne d'Albret, élevée contre
elle par Sismondi, Henri Martin, etc., plagiaires des *sati-
ristes* de la Réforme. Or, le procès-verbal de l'autopsie
faite par le chirurgien Desneux, protestant passionné et le
médecin Caillart déclare que Jeanne est morte de « l'a-

postème de ses poumons ». Voltaire lui-même ne croit pas à l'empoisonnement. .

N'a-t-on pas semblablement affirmé que François II et Charles IX étaient morts empoisonnés ? Le plus populaire de nos romanciers a dû son succès à l'habileté qu'il mettrait à soutenir ces hardies hypothèses. Or, il appert d'un curieux ouvrage du docteur Corlieu que Charles IX a succombé d'une maladie des organes pulmonaires, pneumonie tuberculeuse. Quant à la fameuse sueur de sang, elle se réduit à une *purpura hemorrhagica*, due à une anémie profonde.

François II — que M. Vitet, dans les *États d'Orléans*, fait mourir empoisonné — est mort tout simplement « d'une carie du rocher et d'un épanchement cérébral consécutif ».

Ainsi disparaissent les ingénieuses fictions de M. Alexandre Dumas père.

*
* *

Vous-même avez, Monsieur, reconnu qu'Henri IV était trop adroit pour avoir prononcé le fameux : « Paris vaut bien une messe. » Je renvoie, sur cette question, nos lecteurs à un livre singulièrement attrayant de l'abbé Féret sur l'abjuration du Béarnais.

*
* *

Est-il bien nécessaire, Monsieur, que je poursuive ce voyage à travers les *Erreurs et mensonges historiques*, où sont relevés et résolus près de cent problèmes des plus curieux, en des chapitres qui résument une collection considérable d'ouvrages anciens et modernes ?

Je crois avoir suffisamment indiqué les allures et le but de l'auteur malmené si cruellement par M. Paul Bert, — et laissé voir par d'assez nombreux exemples que les préjugés seraient facilement détruits, si la bonne foi n'était bannie de la plus jeune, sinon de la meilleure, des Républiques. C'en est assez, tout au moins pour qu'on me fasse l'honneur de me comparer au Père Loriquet, lequel n'a jamais parlé — vous le savez — *du marquis de Buonaparte, lieutenant général des armées de Louis XVIII.* Que serait-ce donc si j'affirmais avec M. Ch. Barthélemy — dont je partage absolument la manière de voir — que Galilée n'a jamais été prisonnier de l'Inquisition (du moins prisonnier malheureux) ; que la révocation de l'Édit de Nantes, mesure nécessitée par la raison d'État, n'a pas eu les conséquences désastreuses qu'on lui attribue, sur de faux calculs ; que le surnom de Sanguinaire est mérité bien plus par Élisabeth que par Marie Tudor, calomniée

puérilement dans le drame de Victor Hugo ; que Sixte-
Quint n'a jamais jeté ces béquilles devenues proverbiales ;
que Marie de Médicis n'est pas morte de misère ; que
Charles-Quint ne s'est point permis la parodie sacrilège
de ses propres funérailles ?...

*
* *

Dans les soixante livraisons parues jusqu'ici de la *Revue des questions historiques*, recueil estimé de tous les
lettrés, il y a bien d'autres problèmes qui sont résolus
dans le sens contraire aux affirmations des adversaires de
notre école — si école il y a. J'aimerais à voir s'engager
une de ces joutes homériques, une de ces disputes où
excellaient nos pères.

Ce serait la revanche de Nonotte et de Patouillet, lesquels, en leur temps, furent de savants jésuites, fort inju-
riés par M. de Voltaire, dont le principal argument fut
d'appeler Patouillet : Patouillet, et Nonotte : Nonotte.

*
* *

Il y a trente ans, à propos du droit du seigneur,
M. Louis Veuillot administra la plus jolie volée de bois vert
qui se pût offrir à si haut personnage, au procureur général Dupin, lequel dut jurer qu'on ne l'y reprendrait plus.

De ses articles, l'éminent publiciste fit un livre qui est resté, et qui restera, éloquent témoignage de la vérité contre l'erreur. Mais on fuit ces batailles, qui exigent qu'on soit bien armé : les mots n'y sont que de bénins projectiles. Il faut un travail énorme, et personne aujourd'hui n'a le temps de travailler ; il faut savoir, et personne n'a le désir d'apprendre. On aime à parler, on aime à écrire, pourvu qu'on parle d'abondance et qu'on écrive au courant de la plume, — et que la galerie ne fasse pas attention à maints *lapsus linguæ* ou *calami*.

Je me borne à ces idées générales, exprimées librement. Aussi bien, si mon lecteur est arrivé sans fatigue au bout de ce plaidoyer, c'est un triomphe pour l'avocat. Ce qui est sérieux ennuie, et je m'arrête court pour n'être pas ennuyeux.

APPENDICE

Plusieurs journaux ayant révoqué en doute les affirmations de Vindex, au sujet du projet des protestants de fonder une République en France, il n'est pas inutile de donner une preuve à l'appui. Elle nous est fournie par un de nos savants amis, le marquis de L***.

Le 9 thermidor an IV (2 août 1796), à la séance des Cinq Cents, il fut lu une pétition de Benjamin Constant de Rebecque, qui, réclamant le bénéfice des lois précédemment rendues relativement aux religionnaires français, demandait à jouir des droits de citoyen. Le *Moniteur* a reproduit la pétition tout entière. En la lisant, on est frappé par un fait sur lequel l'histoire ne paraît pas s'être suffisamment appesantie. Il s'agit d'une tentative qui se produisit en 1595 par les calvinistes, pour organiser une république en France. L'idée était précoce : Henri IV ou la République ; on préférait cette dernière et, afin de la consolider, on prétendait la mettre sous le protectorat d'un prince allemand.

Voici, transcrit avec une exactitude scrupuleuse, le passage de la pétition de Benjamin Constant, où de pareilles aberrations peuvent être constatées : « Je viens, disait le pétitionnaire, réclamer le bénéfice d'une loi si juste, qu'elle a traversé les révolutions de six années, sans qu'aucun parti l'attaquât. Mon père en a déjà profité. Le 9 novembre 1791, il s'est présenté à la municipalité de Dôle, département du Jura ; il a justifié de son origine comme descendant de cet Augustin Constant Rebecque qui ayant servi le parti protestant et *formé avec les chefs du protestantisme le projet hardi de fonder une République en France, fut obligé de quitter sa patrie pour les persécutions de religion. Sur ce fait prouvé par mon père, il a été admis à prêter le serment civique et reconnu Français.* »

Benjamin Constant renvoyait à titre de *preuve* de ce qu'il affirmait, aux *Mémoires de Sully ;* je fus curieux de vérifier si la chose s'y trouvait, et, en effet, aux pages indiquées par Benjamin Constant (1), au tome Ier, à propos d'une conférence tenue par les chefs calvinistes à Montauban en 1595, et puis dans une autre conférence qui suivit

1. Mémoires de Maximilien de Béthune, duc de Sully, recueillis et mis en ordre par M D. L. (M. de l'Ecluse, Londres (1745) 3 vol. in-4°.

celle-là de très-près, à Saint-Paul de la Miatte, diocèse de Castres, on donna audience à un ministre-docteur, envoyé par l'Électeur Palatin, nommé Butrick, où parut avec plus d'éclat la désunion des esprits. Le vicomte de Turenne y donna les premières marques de cet esprit pouble, inquiet et ambitieux qui formait son caractère. Il avait proposé de concert avec Butrick, un nouveau système de gouvernement, dans lequel il avait entraîné messieurs de Constant, d'Aubigné, de Saint-Germain, Beaupré, de Brezolles, de Clam, et bien d'autres encore. *Ils voulaient faire de la France calviniste une espèce d'État républicain, sous la protection de l'Électeur Palatin, qui tiendrait en son nom cinq ou six lieutenants dans les différentes provinces.*

A propos des conférences de Montauban, ou de saint Paul de La Miatte, de ce qui s'y passa et de la présentatation qui y fut faite de l'Allemand Butrick, on peut également consulter les *Œconomies royales, politiques et militaires* par Sully, qui peuvent être considérés comme une première édition des *Mémoires de Sully*, en vieux langage. Dans cet ouvrage qui fait partie de la collection des *Mémoires*, par Petitot, il est également dit que ce fut le duc de Montmorency qui déjoua les menées des principaux chefs du parti réformé français.

En présence des dangers qui se présentaient, il opina

pour qu'on se tînt uni et qu'on restât sur la défen-
sive.

On voit par ce qui précède, et ceci est à retenir, que
si les Ligueurs avaient eu le tort de s'adresser au roi d'Espagne pour en obtenir des soutiens, le parti des réformés
n'était point   reste avec eux : ceux-ci avaient également
recours à l'é   nger, et si Henri IV n'était parvenu à
triompher des intrigues ourdies par les uns ou par les
autres, notre malheureux pays n'eût pu être préservé de la
domination étrangère, qui si volontiers en eût fait sa proie.

Mais par bonheur il fut sauvé, et pour longtemps !

Au tome II des *Mémoires de Sully*, il est de nouveau
question de l'idée de *République* qui avait germé dans les
cerveaux calvinistes, et au profit de ceux qui la proposaient.
Car on n'en saurait douter, c'était à une République féodale
que visaient quelques grands seigneurs ; c'était sous une
forme nouvelle le maintien de la vieille féodalité qu'ils
voulaient avant'tout.

« A mesure que je vis mon parti se former, dit Sully,
j'élevai la voix, et je coupai court à toutes les questions
captieuses ; je voulus que l'on avançât chemin, et, par-
dessus toutes choses, que l'on regardât comme sacré tout
ce qui touchait à l'autorité royale. *C'est ce que Henry avait
toujours le plus appréhendé, et la vérité m'oblige à dire*

que ses craintes n'étaient point mal fondées. Ce sera une honte éternelle pour le duc de Bouillon, d'Aubigné, Constant, Saint-Germain et quelques autres, d'avoir souscrit à un mémoire dont l'existence n'a été que trop bien prouvée, dans lequel on jetait les fondements d'une République calviniste au milieu de la France libre, absolument indépendante du souverain, etc. »

Enfin au tome III de ces mêmes *Mémoires de Sully*, il est rapporté que le duc de Bouillon avait fait solliciter le roi Jacques d'Angleterre, dès qu'il fut monté sur le trône, par les envoyés de l'Électeur Palatin, afin qu'il consentît à agréer des propositions que ce duc lui adressait au nom des calvinistes de France. Jacques avait répondu à ces ouvertures par un refus très-net de s'entremettre en faveur de sujets rebelles. « Je ne sais, continue l'auteur des *Mémoires,* ce que pensa après cela Bouillon d'une idée que lui, la Trémoille et d'Entragues avaient trouvée *heureuse :* c'était de faire le roi d'Angleterre protecteur du parti calviniste en France, et l'Électeur Palatin son lieutenant. »

Les mêmes faits, racontés par les *Mémoires de Sully* ou dans les *Œconomies royales,* se trouvent exposés de nouveau par Mauvillon, réfugié protestant, dans ses *Lettres Germaniques et Françaises* publiées au dix-huitième siècle. On les y lit à peu près textuellement.

Nous laissons à de plus érudits le soin d'étudier un point historique qui n'est point étranger peut-être à la révocation de l'Édit de Nantes ; des registres contenant les délibérations prises à Montauban ou à Saint-Paul de la Miatte existent peut-être encore, que l'on pourrait consulter avec profit vraisemblablement ; il en serait de même pour une foule de documents relatifs à ce qui, plus tard, se passa en Languedoc.

Et, au moyen de ces pièces et documents qui seraient authentiques, tout un chapitre de l'histoire de France serait à réviser.

TABLE

1287 — ABBEVILLE. — TYP. ET STÉR. GUSTAVE RETAUX.

PUBLICATIONS

DE LA LIBRAIRIE CENTRALE

DE

PHILIPPE REICHEL

5, RUE DE TOURNON, PARIS

LA MISSION DE JEANNE D'ARC. Texte par Frédéric GODEFROY, lauréat de l'Académie française et de l'Académie des Inscriptions et Belles-Lettres. Un beau volume gr. in-8, illustré d'un portrait inédit de la Pucelle tiré d'un manuscrit du xv⁰ siècle en chromolithographie, d'un frontispice, de 14 encadrements en deux teintes, frises, ornements et culs-de-lampe xv⁰ siècle, et de 14 gravures imprimées hors texte et en taille-douce genre camaïeu du xv⁰ siècle, par Claudius CIAPPORI-PUCHE. Cet ouvrage a été couronné par l'Académie française où il a obtenu le prix Monthyon (séance du 7 août 1879).

La Mission de Jeanne d'Arc est une œuvre d'art en même temps qu'un monument national, peut-être unique dans son genre. Le livre est inspiré par une foi ardente en les hautes destinées de la France.

L'éditeur, l'auteur et l'artiste ont lutté à l'envi, à qui ferait les plus grands efforts pour faire de ce livre un chef-d'œuvre. Rien n'a été épargné pour obtenir ce résultat; aussi laisse-t-il bien loin derrière lui tout ce qui a été fait jusqu'à ce jour en l'honneur de la vierge d'Orléans.

Ce beau volume, illustré d'une façon merveilleuse et entièrement dans le style du xv⁰ siècle, mérite vraiment le titre qu'il porte : *Le Livre d'or français*. Le crayon de l'artiste, uni à la plume savante et patriotique de l'auteur, a fait des merveilles, et l'on sent, par l'exécution irréprochable du livre, que tous ceux qui ont eu l'honneur d'y collaborer, graveur, imprimeur, relieur et autres, ont été entraînés par la beauté et l'importance de l'œuvre.

Un volume grand in-8 jésus, broché.   30 fr.

Relié richement (xvᵉ siècle) avec armes et écussons dorés et à mosaïque, dos chagrin, plat toile.   40 fr.

Même reliure chagrin plein.   50 fr.

RÉSUMÉ SUR LA QUESTION DU DIVORCE considéré au xixᵉ siècle relativement à l'état domestique et à l'état public de la société, suivi de la proposition faite à la Chambre des députés pour l'abolition du divorce en France, à la séance du 26 décembre 1815. Un volume in-12, extrait des œuvres de M. DE BONALD.   40 c.

OEUVRES DU COMTE JOSEPH DE MAISTRE

CONSIDÉRATIONS SUR LA FRANCE ;

ESSAI SUR LE PRINCIPE GÉNÉRATEUR DES CONSTITUTIONS POLITIQUES,

SUR LES DÉLAIS DE LA JUSTICE DIVINE DANS LA PUNITION DES COUPABLES, ouvrage traduit de Plutarque, avec des additions et des notes, et suivi de la traduction du même traité par Amyot ;

DU PAPE ;

DE L'ÉGLISE GALLICANE DANS SON RAPPORT AVEC LE SOUVERAIN PONTIFE, pour servir de suite à l'ouvrage intitulé : *Du Pape;*

LETTRES A UN GENTILHOMME RUSSE SUR L'INQUISITION ESPAGNOLE, avec cette épigraphe: *Beaucoup en ont parlé, mais bien peu l'ont connue* (Voltaire, *Henriade*) ;

SOIRÉES DE SAINT-PÉTERSBOURG, ou entretiens sur le gouvernement temporel de la Providence, suivies d'un *Traité sur les sacrifices;*

EXAMEN DE LA PHILOSOPHIE DE BACON ;

LETTRES ET OPUSCULES inédits, ornés d'un beau portrait.

Nouvelle édition.

10 volumes in-8.   48 fr.

— Le même ouvrage, 10 volumes in-18 jésus.   31 fr.

BOURGEOIS ET OUVRIERS ou les inégalités de la fortune, par un socialiste et par un homme de bon sens. 1 volume in-18. 80 c.

La misère et les tendances antisociales de la classe ouvrière proviennent, à n'en plus douter, du grand nombre de fausses doctrines, habilement répandues par des soi-disant amis de la classe ouvrière. Les événements de ces derniers temps ont fourni la preuve que ces faux apôtres sont les premiers à abandonner ceux qu'ils ont conduits à la misère et au malheur. M. Tounissoux combat ces pernicieuses doctrines d'une façon toute neuve et peut-être seule efficace. Il a publié une série de volumes dans lesquels il défend les véritables intérêts des travailleurs, auxquels il a voué une inaltérable sympathie et dont il connaît les besoins.

VOUS ÊTES DES BLAGUEURS! par F. ALLANTAZ, ouvrier, à-propos politique et considérations d'un homme de bon sens sur les événements actuels. Brochure in-18 jésus, franco. 1 fr.

MÉMOIRES D'ANTOINE, ouvrage couronné par l'Académie française, recommandé par le Ministre de l'intérieur aux Sociétés de secours mutuels (édition réduite, quatrième de l'ouvrage). 1 volume in-18 jésus. 1 fr. 25

LES FAISEURS DE COUPS D'ÉTAT, par Edouard DELPIT. 1 volume in-18 jésus, elzévir. 50 c.

OUVRAGES DE M. LAURENTIE

Ancien inspecteur général de l'Université, rédacteur en chef de *l'Union*, etc., etc.

HISTOIRE DE FRANCE, 5e édition. 8 vol. gr. in-18. 28 fr.

Dans la foule d'ouvrages sur l'histoire de France qui ont paru depuis trente ans, le public a trop bien distingué l'*Histoire de France* de M. Laurentie pour que nous ayons à la recommander.

HISTOIRE DU CONSULAT, DE L'EMPIRE ET DE LA RESTAURATION. 2 volumes in-8. 10 fr.

HISTOIRE DES DUCS D'ORLÉANS. 4 volumes in-8. 24 fr.